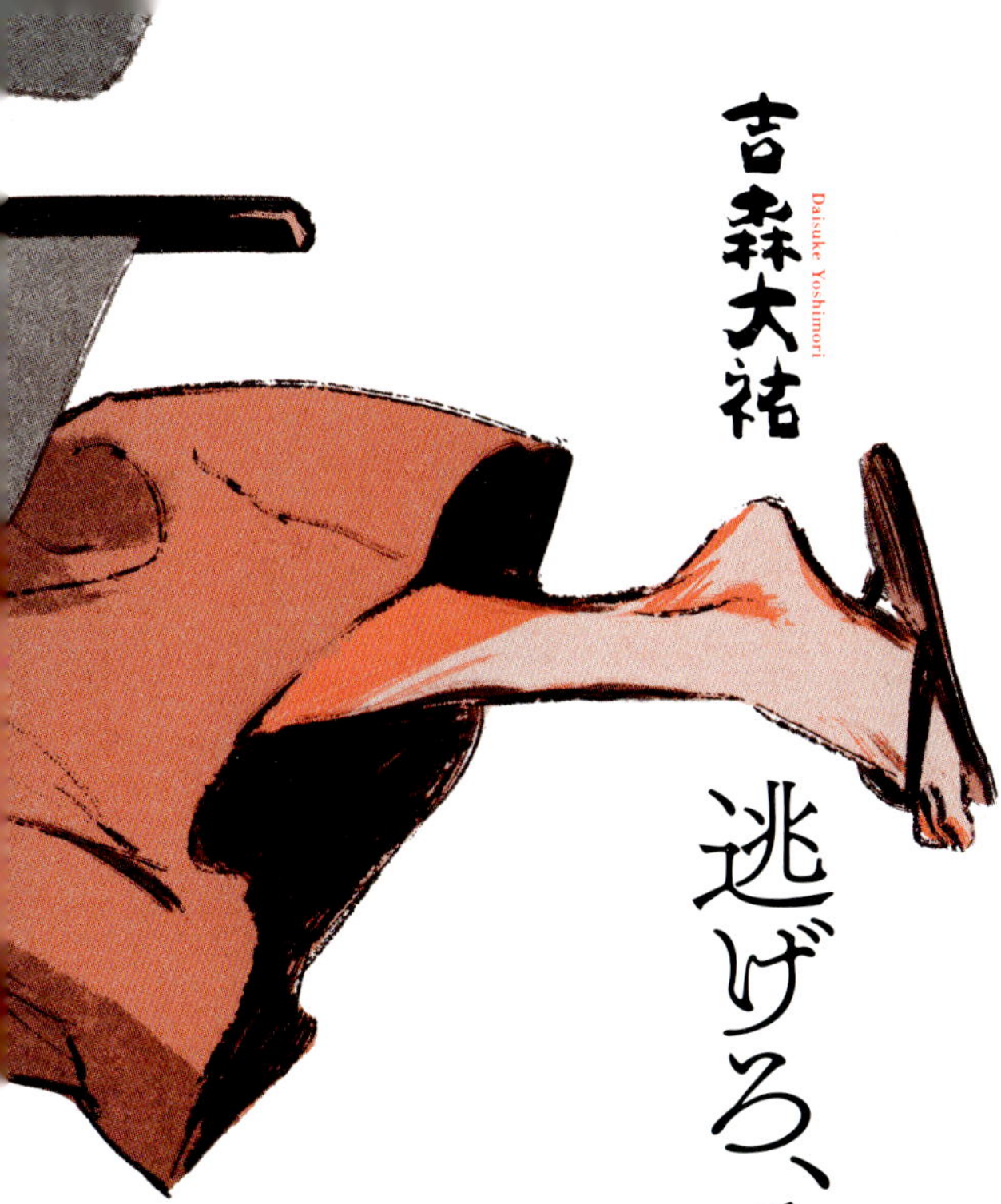

吉森大祐

Daisuke Yoshimori

逃げろ、手志朗

講談社

逃げろ、手志朗／目次

装画　丹地陽子
装幀　坂野公一＋吉田友美（welle design）

逃げろ、手志朗

【一】　手志朗、災難に遭う

古畑手志朗《ふるはたてしろう》が、その知らせを聞いたのは、元治元年（一八六四）十月。
晴れ渡る空が清々《すがすが》しい、非番の日の午後のことである。
手志朗は知恩院《ちおんいん》裏の粟田天王社《あわたてんのうしゃ》にのぼって、京の街並みを見下ろしていた。
社の隅にある大きな石に座って、足元にひろがる京の町の屋根のつらなりを眺める。
広く、まっすぐな道。
規則正しく、それでいてどこか雑然と並んでいる町屋。
屋根の上を、気持ちよく飛んでいく鳥の群れ。
路地に休む辻売りたちの佇まい――。
どれも故郷の会津にはない光景だ。
手志朗はこの景色が、好きだった。
さまざまな出自のひとが、さまざまに暮らしている。
すべてを見知った故郷とは違って、都はどこまでも広く自由だ。
するとその時、

「手志朗さん！」

同じ町内で育った幼馴染の松永忠吉《まつながちゅうきち》が、息を切らして坂道を駆け上ってきた。

太った体を質素な小袖でつつみ、大小を帯に挟んでいる。

忠吉は、手志朗と同じ十九歳——藩の御納戸下役として京に駐在していた。

「どうすたなし？」

手志朗は、なまり丸出しで聞いた。

「どうもこうもね、早く戻れ」

忠吉は弾む息を抑えながら、叫ぶように言った。

広い額に玉の汗が浮いている。

「なにを慌てておるんかナイ」

のんびりした性格の手志朗は、笑って忠吉の肩を叩く。

「笑っとる場合じゃねぞ、手志朗さん。せんせが、不逞の浪士に襲われたなっし」

「え？」

「一大事じゃ」

この場合、先生とは、手志朗の父にして会津藩洋学指南役、古畑敬之助為元《けいのすけためもと》のことである。

父は藩の内外に聞こえた洋学者でありながら、槍術をよく為す、文武両道を絵に描いたような武弁であった。

安政の政局の混乱以来、その見識と弁舌をもって藩外に押し出しの利く人材として頭角を現してきた。

また、保守的でありながら果敢に藩政改革を進める姿勢が若手藩士の信望を集め、自然、藩校日新館に集う若者たちの指導者的な立場にもなっている。

手志朗の顔色が、変わった。

「ご無事か？」

「わ、わからん。ともかく戻ってくなんしょ」

忠吉は、まるまる太った肩を上下に揺らし、茄子《なす》のように浅黒くひょろ長い顔を苦痛にゆがめながら、言った。


手志朗が、黒谷《くろだに》の金戒光明寺《こんかいこうみょうじ》に置かれた会津本陣に駆け戻った時、境内は蜂の巣をつついたような騒ぎであった。

若者どもが大方丈の前の砂利の上に出て、鼻息も荒く天に槍を突き上げている。

「ううぬ、許さん。許さんぞ、不逞浪士めえ」

「長州か土佐の浪人どもの仕業に違いないッ」

かと思うと、泣き崩れて、杉の木にすがっているものもいる。

「先生！　ああああ、先生〜」

その異常な昂奮ぶりに、手志朗はたじろいだ。

なんだか凄い状況だ。

そもそも手志朗は、学究肌で血の気が薄い。

すぐに頭に血を昇らせる会津の仲間たちとはノリが違った。

「手志朗ォ！」

突然、巌《いわお》のような男が飛び出してきて、手志朗の肩をがっしりとつかんだ。

「あわわわわ」

目を回す手志朗の顔に唾を飛ばして、その体の大きな男は叫ぶように言った。

「会津武士たれば耐えろ！　奥歯を食いしばれぃ！　なあに心配はいらぬ、この官兵衛《かんべえ》、このままでは済まさん。戦じゃ。戦じゃ。長州の野郎どもをぶった斬ってやるわい！」

男の名は佐川《さがわ》官兵衛。

家中でも有名な武闘派である。

岩のようなごつごつの顔。

タコだらけで節々の太い指。

刀を抱いて生まれてきたような男で、直情径行、短慮乱暴。多少酒乱の気もあり、江戸で喧嘩騒ぎを起こして謹慎処分を受けたこともあった。

その大きな鼻の孔を間近で見ながら、手志朗は目を回す。

（まんず、困ったなし！）

救いを求めるようにあたりを見回す。

戸惑う手志朗の目がうるんできたのを見て、佐川は何を思ったか、うんうんと頷いた。

「わかる！　わかるぞ、貴様の悔しさを。わしも同様じゃ。悔しい。悔しいぞ。くそおおお！」

叫ぶが早いか、手志朗を放り投げ、木刀を取り出す。

庭のケヤキにむかって、

「うりゃあああああ！」

と打ち込みを始めた。

「会津の意地だば、天下に見せつけてやるわいいいいいい！」

よ、酔っておるのか？

なんたる鼻息の荒さ。

この勢いについていけない――。

ぼうぜんとその背中を見ていると、

「手志朗さん、こっちぞ」

忠吉が促す。

あわてて進むと、開け放たれた畳敷きの部屋に布団が敷かれ、その上に、血まみれの巨体が横たえられている。

「む！　うむむうう」

さすがに手志朗も、瞠目した。

ひと目で、父が死んでいることがわかったからだ。

なんということだろう。

あれだけ頑強であった父の巨軀が、無残な姿になって横たわっている。

右耳の下から、胸にかけて、大きな刀傷があり、ここから体中の血が流れ出してしまったようだ。

「ち、父上――」

うめくように呟いて、絶句した。

頭は真っ白で、何も浮かばない。

深い沈黙が、境内を包む。

中庭を埋めた若者たちは、手志朗の様子を見て、唇を嚙みしめ、目を充血させて、天を仰いだり、地面を見つめたりしていた。

「なぜ……」

つぶやくように手志朗が言うと、

「わからぬ――先生はご学友に会うため、四条から堀川のあたりを歩いておられた」

遺体の横に端然と座った山本覚馬《やまもとかくま》が、静かな口調で答えた。

山本は、藩の軍事取調兼大砲頭取で、怜悧《れいり》な男だった。

年の頃は三十代。

やせ型であごが細く、背が高い。

「先生は、洋学を志す者の間では天下にその名を知られたおかただ。時代遅れの攘夷派どもにやられたのではないか」

「いや、そのようなものはもうおらぬ。長州に違いない」

「今、長州は洛中にいない。浮浪どもよ。会津が軍制を強化するのを喜ばぬとなれば土佐の息がかかった浮浪どものしわざとしか思えぬ」

庭に詰めかけた若者たちが、口々に私見を言う。

それを聞いた佐川官兵衛は、打ち込みをやめ、肩で息をしながら、絞るように言った。

「理屈はよいッ。剣あるのみ！　斬ってやるッ」

その獣のような顔の真ん中の大きな目が血走っている。

佐川だけではない。

周囲に控えた若侍たちの目も血走っていた。

（こ、困った）

父親の死体のわきに座ったまま、手志朗は途方にくれた。

父の死は確かに衝撃であり、嫡男として厳粛に受け止めなければならぬ。

しかし、いきなり刀を抜いて暴れまわってもどうなるものでもない。

そもそも手志朗は、武道よりも学問のほうが好きな、おとなしい性格なのだ。

洋学者だけに現実主義者でもあり、冷静な性格だった。

（この、会津の仲間たちの血の気の多さにはついていけぬ）

内心思った。

父の死は悲しい。

その遭難についても衝撃をうけている。

だが、その処理はあくまで冷静に、粛然と行われねばならぬ。

（戦の前にまず、きちんと家督を継がねばならぬわい）

手志朗は考える。

会津の若松城下。

堀之内の厩《うまや》町にある武家屋敷の、端然とした佇まいを思い出す。

そして、その家で待つ、許嫁の〈おてい〉の顔も。

おていは父が決めた六歳も下の許嫁だった。

藩中老の娘で、会津では名の通った家の子供ではあったが、おとなしく引っ込み思案で地味な性格の少女だった。

（京のお役目が終わって、彼女が十五になったなら、祝言《しゅうげん》をあげる約束になっていた。このご

縁は、どうなってしまうのだろう）

そんなことをぼんやり考える。

「手志朗ォ！」

体全体から汗を噴出させた佐川官兵衛が縁をかけあがり、呆然と座り込む手志朗の肩に手をかけた。

「古畑先生が殺されたからには、嫡男の貴様が大将じゃ！　剣を持てッ！　出撃じゃあ」

「しゅ、出撃ってどこへ？」

「どこでもいいわい！　長州の藩邸跡。土佐御用達《ごようたし》の問屋。薩摩の屋敷も怪しいわい！　斬りこみじゃあ！」

するると、庭にいた別の若侍も呼応するように叫んだ。

「その通り。古畑敬之助為元先生のごとき先覚を殺されて、我らが動かねば会津の名折れぞ！」

「もとよりじゃ！」

庭に詰めかけた若者どもは、

「行くぞ」

「おお！」

と、それぞれ手に大刀を持って立ち上がった。

そのとき。

「待てい！」

制すように言ったのは、山本覚馬だった。

「おのおのがた。殿にご迷惑をかけるおつもりか。御家大事のときであるぞ。控えろ！」

山本は、古くから会津の砲術師範を承る一家に生まれ、若くして江戸や京に出で洋学を学んだ。

怜悧で弁舌にたけ、若者たちの信頼を一身に集める藩内改革派の俊英であった。

古畑敬之助為元なきあとの藩の洋式軍事改革は、この山本覚馬が担うことになるだろう。

「佐川――貴様、江戸で喧嘩の沙汰に及び、殿にお叱りを受けたことを忘れたか」

「あれは、内藤の野郎が会津をバカにしたからではないか。御家の名誉を守ったのだ」

「結果的に御殿と御藩にご迷惑をおかけしたではないか！　内藤殿は幕府の直臣であった」

山本は切りつけるように言った。

佐川は頭を使うことは苦手な性質である。

ナメラレタ
↓
斬ってやる

という単純明快な論理で行動を急ごうとする。

それを止められて、コ難しい理屈を並べられ、歯をぎりぎりと鳴らして地団駄を踏んで見せた。

「な、なんなのだ！」

山本は、かぶせるように言う。

「よいか、佐川。わが殿は、今や京都守護職の大役を拝命し、帝のご信頼もよろしく、洛中洛外の治安を守るが御役目ぞ。その会津が白刃を抜いて市中に斬りこもうというのか」

「うっ」

「殿にご迷惑をかけることになるぞ！」

佐川は、この一言に弱い。

「し、しかし、このままでは」

「控えい。御殿の名誉にかけても、わが会津が今、土佐や薩摩とコトを構えるわけにはいかぬのだ」

山本は鋭く言った。

「しかし」

そう言ってふりかえり、手志朗を見る。

「手志朗――武家として、貴様ひとりの気持ちは、止められぬ」

「え？」

手志朗は顔をあげた。

「古畑先生の御遭難は痛恨の極み。しかし、今、我々会津藩士一同は、心静かに殿の御下知を待つしかない。悔しいが、臣たるものの忠とは、そういうものである」

「さもありましょう」

「しかし、貴様は実の御父上を殺されたのだ。このままでは済むまい。いますぐ仇を討ちたかろう」

「へ？」

山本の表情はまったく動かぬ。

手志朗は思わず、頓狂な声をあげた。

「武士の情けじゃ！　――貴様は直ちに、御父上の仇を討つことを許す！」

「ええっと」

「われらとしても断腸の思いだ！」

山本の声は高らかに響き渡った。

手志朗は必死で考える。

「そ、それって、仇討ちですか？」

「いかにも。武士として親の仇を討つのは当然のことであろう」

「あ――」

手志朗は口をあけた。

よく考えれば当然なのだ。

武家の定法として、家長たる父が斃されれば、定められし嫡男は、すぐさま身支度を整えて仇討ちに出立《しゅったつ》せねばならない。

屋敷や家人は藩に預けられ、見事に敵を討ち果たさぬ限り、決して帰参は許されぬ。

徳川二百五十年、綿々と続いてきた慣習であり法でもあった。幕府も大名も仇を討たんとするサムライの活動の自由を保障することになっている。

（と、とんでもない）

手志朗は、思った。

（仇など、討ちたくないわ！）

今さらそんな古臭い慣習を持ち出されるとは。

血なまぐさいことなんて、まっぴらである。

おとなしく家督を継いで、会津に引っ込みたいぐらいだ。

「し、しかし覚馬さん。今は御家の大事のとき。拙者ひとりのわがままを通すわけにはまいりませぬ！」

手志朗は必死で言った。

「うんうん」

山本は、頷きながら、手志朗の肩を叩く。

「無理するな。手志朗」

無理などしていない。

「尊敬する御父上を殺されたのだ。武士としては今すぐに仇を討ちたかろう？　そうであろう？」

「は、はい。それはそうですが」

「われわれ会津藩士全軍は動くわけにはまいらぬ。だが、わしは武士として、貴様の純粋な気持ちは止められぬ」

山本は悲痛な顔をして叫ぶようにして言った。

「佐川。貴様もそうであろう」

すると佐川は、

「ぐぬぬぬぬ――」

と歯ぎしりをし、

「先生の仇――わが手で討てぬは痛恨の極み。しかし、山本先生の言うことも一理ある。嫡男が仇を討つ。これがもっとも正しい忠孝の道。それは理解できる」

と手志朗をにらみつけた。

「手志朗！　日新館の道場にて学んだ仲間として恥ずかしくない振る舞いをしてくれると信じておる！」

その眼には涙がにじんでいる。

しかし。

確かに手志朗も上士の子として、日新館の道場だけでなく、城下の一刀流の道場にも通って剣を学んだ。

その剣技は佐川の足元にも及ばぬ。

まずい。

このままでは藩を追い出されてしまう。

手志朗は叫ぶように言った。

「たしかにサムライとしては、仇を討たねばなりますまい。しかし、今、わたしが離脱しては、御家の洋学の研究はどうなりますか。拙者、はばかりながら御殿より、御家の洋学研究を日の本いちにせよとの命をいただいておりまする」

「なんと立派な――しかし、気にするな」

「はあ……」

「お前の離脱は苦しいが、残されたわれわれでなんとかする。何も心配はいらぬ。みんなで頑張るさ。貴様は心おきなく、先生の仇を討てばよろしい」

「そ、そんな」

「殿にはわしから、話しておこう」

山本覚馬がそう言うと、みな、頷きながら口ぐちに言う。

「サムライたれば、仇を討ちたい……当然だな」

「もしわしが、手志朗と同じ立場なら、そう思うわ」

「それはそうだな」

わたしはそう思わんわい！

と手志朗は内心叫んだが、そうは言えない。

手志朗の不安げな顔を見て、山本は言った。

「わしに、策がある」

山本は言った。

「貴様に、新撰組を紹介しよう」

え・え・ええええええええ。

手志朗は内心、混乱した。

新撰組？

ええと、なんだっけ、それは？

確か、殿が預かっている得体の知れぬ浪人どもの集団ではないか。

あいつらは浪人で、まっとうな武士ではないだろう？

「それは良い！」

叫ぶように言ったのは、佐川官兵衛であった。

「あの者どもは、強い。身分は低いが、強い」

「え？」

「あの強さは、信頼できる」

佐川はサムライの価値を、強いか弱いかだけで測るところがある。

「近藤《こんどう》勇《いさみ》殿と一度対面したことがあるが、鍛え上げられた巌のような体。鋭き目つき。只者ではないと見た」

山本はうんうんと頷くと、

「確かに。局長の近藤勇殿は、武士道に明るくしっかりした人物。義理に厚く約束は必ず果たすお方だ。わしも懇意にしておるのだが、いうなれば、この混乱する京洛におけるひとつの武士の亀鑑《きかん》であるな。うむ」

「……はあ」

「何も心配いらぬ。下手人はおそらく不逞の浪士であろう。浪士どもの噂は、御藩よりもむしろ新撰組に集まっておる。より探索はしやすくなる」

庭を埋め尽くした若者たちは、感心したような声をあげた。

「それは名案じゃ！」

「さすが山本先生」

それを聞いた山本は、満足げに頷いて、続ける。

「新撰組は会津にあって会津にあらず。会津の本藩が大っぴらに動けないのであれば、近藤殿に頼むのは筋がよい。御殿に迷惑をかけることもなく、会津武士の意地を天下に示すこともできるのだ——どうだ、佐川。納得であろう」

佐川は口をへの字に曲げ、両手を組んで、静かに言った。

「納得などしない。ただ、会津武士として正しき道を歩みたいだけだ。手志朗が近藤殿の力を借り、立派に先生の仇を討ち果たしてくれるのであれば、それでよい――」

その言葉を聞いて、庭に詰めかけた若者たちは、わっと歓声をあげて手志朗のまわりに集まった。

「よし、決まった！」

「まかせたぞ！　手志朗」

「先生の仇を取るのだ」

「武士の誉れじゃ！」

うむ、うむ、とわかったように頷く山本。

腕を組んだまま微動だにしない佐川。

手志朗は、二人に挟まれ、腕を組んで眉根を寄せ、口をへの字に曲げている。

皆にはそれが、父の遭難に接し、動揺しながらも武家の義理を果たそうという若武者の、悲壮な覚悟の表情に見えた。

「て、手志朗……」

みな、感動して頬が上気している。

ただひとり、手志朗の性格を熟知している親友の松永忠吉のみが、少し離れた杉の大木の陰から、ひょろ長い顔をひょっこりと出し、

（こ、こりゃ大変なことになったゾイ！）

と親指をキーッと噛みしめた。

【二】　手志朗、新撰組に入隊す

「困ったぞ。新撰組、じゃとよ」

黒谷山中の本陣から街中に下りた、荒神町《こうじんちょう》の茶屋の座敷にあがりこんで、手志朗は忠吉相手に愚痴をこぼした。

「災難だナシ」

忠吉は、茶をすすりながら答える。

手志朗はあぐらをかいて、頭を抱えている。

「なんでこうなるのだ！」

「手志朗さん」

「もう、酒だ！　酒を持ってこい」

会津は、藩祖保科正之《ほしなまさゆき》公以来の保守的な教育藩である。

鍛え上げられた精強の家臣団は、幼き頃より朱子学と戦闘術を徹底的に叩き込まれている。

全軍、死をも恐れぬ忠義原理主義の武闘集団。

——とまあ、そういった世間の評判は間違っていないのだが、なにごとにも例外はある。

手志朗と忠吉は、幼き頃より、どこか朱子学や剣術の稽古に身が入らず、脇道にそれてばかりの子供であった。

夏となれば学問よりも、川で魚釣り。

冬となれば寒稽古よりも、炬燵《こたつ》ですごろく。

ふたりとも歴たる上士の子ではあるが、どこでどう間違ったのか『論語』よりも『東海道中膝栗毛』のほうが好きといった性格であった。

よって、仲間にも侮られがちで、出世も遅い。

京に来てからも、ふたり抜け出しては清水《きよみず》あたりの茶屋で駄弁ったり、密かに酒を飲んだり。

御家の大事はわかっているが、それよりも京では珍しいものを見るのが楽しいという――佐川官兵衛のごとき頭に血がのぼった藩士から見れば、けしからぬ若者どもであった。

ただ、それだけに、ふたりの気脈は通じ合っているのである。

「しかし、しかたないべな、この際」

「ふうむ。確かにのう」

「父上が討たれたのだからなあ」

手志朗は、しょんぼりとうつむいた。

「本当に、なぜ父上は、ひとりで堀川べりなどを歩いていたのだろう……」

「先生のことだハア、御藩のために誰かに会おうとしていたんではないかノウ」

「それにしたって誰と？」

「わからんわ――先生はいつも単独で動かれておったゾイ」

「そうだったなあ」

「佐川さまは、あきらめきれずに手下を連れて堀川あたりを徘徊しておるようだゾイ」

「血の気の多いことよ」

手志朗はため息をついた。

そんな手志朗の顔を、忠吉は覗き込むようにする。

「しかしハア、大丈夫かいな、手志朗さん」

「大丈夫か、とはなんだ？」

「なにしろ、新撰組だものなあ。怖そうだナイ」

「確かに、得体が知れんの」

もとは将軍上洛の際、幕府が江戸で募った将軍警護のための浪士どもである。

これはとっくに解散したのだが、残党が京に居残り、頼まれもしないのに将軍の親衛隊を名乗って、あれこれと暴れまわり、勝手に手柄をあげてしまった。今も洛中の壬生村《みぶむら》に駐屯し、治安維持を旗印に浮浪どもを斬っては既成事実を積み上げている。

幕府もいつまでも放っておくわけにはいかず、議論の結果、京都守護職である松平容保《まつだいらかたもり》が『預かる』ことになった。

むろん、喜んで『預かった』わけではない。

お役目上、断りきれなかったのだ。

なにぶん浪士どもは、出自が知れぬ。

彼らは、故郷も身分も信条もばらばらで、ともかく得体が知れない。

いわば、日本中の不良青年を都に集めて、刀を持たせたようなものであった。

血気にはやって揃いの隊服で街を闊歩したり、集まって大酒を飲み、青臭い詩吟をうなった揚句に肩を抱き合って泣いていたかと思えば、街角で喧嘩をしたり。

商店に寄付を強要したことや、気に入らない問屋を襲って、蔵に火をつけたことさえあった。

ともかく、むちゃくちゃなのだ。

(殿も、なんであんな連中を――)

そもそも新撰組という名前自体、仮の名前だったはずである。

古来、会津で新しい組を作る時、まずこの名を与え、正式な名称が決まるまでの仮称とする。

しかし彼らは、御殿が、

「とりあえず、新撰組としておけ」

と言ったこの名前が、

「格好いいぜ！」

というので気に入り、あちこちに看板を打ち立てたり、市中のそこここで名乗りをあげたりして、これまた既成事実として正式名称にしてしまった。

確かに、以前は壬生浪士組とか誠忠浪士隊、などと名乗っていたのだから、それよりは威厳があり、格好がいい。


控えろィ！

京都守護職会津公御預かりの新撰組であるッ！

御用につき、詮議いたす！


これが彼らの名乗りであった。

これを芝居じみた睨みをきかせて、得意げにやる。

会津にしてみれば迷惑な話である。

「しかしまあ、所詮やつらは浪人であろう？　わたしはこう見えて、サムライのはしくれじゃ。幼き頃から会津にてふたつの道場に通い、伝統の溝口派《みぞぐち》一刀流はひととおり修めておる。ろくに流儀も学んでおらぬ得体の知れぬ浪人どもなどに、後れはとらぬわ」

手志朗はカラ元気を出して言った。

心の内には、不安が渦巻いている。

しかし、カラ元気でも、元気。出さないよりも出すがましというものだ。

それを聞いた、忠吉は頭を掻く。

「そりゃあまあ、そうじゃろう。腐っても会津武士じゃ。しかし、悪いけんど、わしぁ、手志朗さんの腕前を知っておるからノウ……ほんに、ハア、心配じゃ」

「失敬な――な、なんとかするわい」

手志朗は酢を飲んだような顔をした。

「ただ、ひとつ」

忠吉は、寝ぼけたようなナス顔をぬぐって、言う。

「うらやましいのは、おなご、だなっし」

「おなご？」

ぴくり、と手志朗の眉があがった。

「新撰組は、池田屋の一件で名をあげてからっちゅうもの、京では飛ぶ鳥を落とす勢いじゃ。女子にモテモテだというゾイ」

「モテモテだと？」

顔をあげて、身を乗り出す。

「わが会津の連中はマジメ一本槍じゃ。質実剛健、謹厳実直、黒谷の森の中で相撲ばかりをとっておる。しかし新撰組の連中は、夜な夜な祇園《ぎおん》や島原《しまばら》で美女を集めて大騒ぎ――」

忠吉はうっとりと、遠くを見るような目をしてみせる。

手志朗は、慌てたように、口の中の甘い大福を渋いお茶で流し込みながら、言った。

「そうなのか？　そ、それはけしからん！」

「けしからんが、うらやましかろ？」

「そ、それはそうだが」

「いんや、いんや。そう考えると、良いこともあるかもしれぬゾイ、手志朗さん」

忠吉は、額をぴしゃぴしゃと叩いて、言った。

思わず手志朗も盃に手を伸ばして、喉をうるおす。

「島原の角屋《すみや》を総揚げにしたというぞ！」

「な、なんと」

「美女の雨あられじゃ」

「び、美女の？」

急に気持ちが明るくなってきた。

「それに、新撰組は名うての使い手ばかりとも聞く。やつらに任せておけば、島原あたりで酔っ払っているうちに、カタがつくかもしれんナイ」

「そう、うまくいくかの？」

手志朗は半信半疑で言ったが、そう考えれば少しは明るい気持ちにもなれるというものだ。

「そうだ。憧れの茶屋遊びじゃい！」

忠吉は急に大声を出して、言った。

「やった。やったな、手志朗さん！」

「う、ううむ……」

いずれにせよ、父の仇を持つ身となった今、その仇を立派に討ち果たさなければ、帰参はできない。会津はとかく『武士の鑑《かがみ》』というメンツにこだわる家風だ。

佐川官兵衛のように頭に血が昇った連中もたくさんいる。

ともかく、今は、お役目を果たすことが肝要だ。

下手人は西国から流れ込んだ不逞の浪士である可能性が高い。

その意味では、新撰組ほど頼りになる存在はない。

これはもう、山本覚馬の言う通り、しばらく新撰組に身を寄せたほうがいいのかもしれないのだった。

しかたがないのなら、せいぜい、楽しむしかない。

ふうむ。

茶屋遊びか——悪くない。

「もしそうなったら、わしも相伴《しょうばん》に与かりたいが——まあ、手志朗さんの立場もあろうから無理するな」

「う、うむ」

「しかし、わしごときが、ひとり紛れても大丈夫そうなら、必ず呼んでほしいゾイ」

「う、うむ」

「わしらは、親友。ともに湯川の水で顔を洗い、日新館で勉学に励み——」

「あんまりマジメではなかったがの」

「いや、お互い助け合うべきゾイ」

「まだ茶屋遊びに行けると決まったわけではないぞ」

「いや、もしイケそうなら誘ってくれというだけゾイ。判断は手志朗さんに任せる！」

そう言いながら、忠吉は、顔全体で、

（わかっておろうな！）

と訴えかけた。

「会津の絆は永遠ぞ！　わしらはどこまでも会津武士！　しあわせは分け合おう！」

仇討ちのほうを分かち合う気はないくせに、と思ったが、黙っておく。

よく考えれば忠吉は、少しでも手志朗の気持ちを楽にするためにこんな話をしてくれたに違いないのだ。その、親友の心根がうれしいではないか。

手志朗は大きく息を吸い、景気よく言った。

「ふうむ。わかった。今度会うときは、祇園か島原の宴席としよう！」

「いいぞ、手志朗さん」

「新撰組隊士が酒を飲むのにふさわしい」

「そのことよ、そのことよ！」

忠吉は、酒に酔ったのか、とろんとした目つきで何度も頷いた。

幼き頃から忠吉は、何を考えているのかわからない、ぼうっとした子供であった。

妙に楽観的で、いつもどこか飄々としている。

その人柄が、今日はありがたかった。

旧友のおかげで、少しだけ心が軽くなった。

しかし、得体のしれない未来に対する不安は、心の奥底にどろりと沈んだままである。


手志朗が山本覚馬に連れられ、壬生村にあった新撰組屯所を訪ねたのは、元治元年十一月上旬。

冬の寒さが忍び寄ってはいたが、日中はまだまだ暖かく、過ごしやすい昼下がりだった。

壬生の郷士屋敷のひとつ。

古びた長屋門に、大きく、

松平肥後守御預　新撰組　屯所

の看板が出ていた。

見れば、郷士の屋敷を接収して、そのまま屯所に使っている。

覚馬と手志朗は、その屋敷の玄関より入り、庭を望める廊下を進んで、奥にある局長の居室に通された。

まだ十代と見える若い隊士が、賓客であるふたりを、折り目正しく案内する。

「足元に、ご留意くだされ――」

その振る舞いに一片の無駄もなく、なかなかたいしたものだった。

局長の近藤勇は、奥の座敷に床を背にして座り、脇息も使わずまっすぐに背筋を伸ばして、ふたりを待っていた。

肌寒い季節だが、薄手の羽織姿である。

正面に大きく構え、鑿《のみ》で削ったような角張った顔で、芝居じみた銅鑼声を響かせた。

「この乱れた世にあって、御父上の仇討ちを立派に果たそうとされる、その意気や、潔し！」

見れば、細い目をのぞけば、なにもかもが大振りな男だ。

耳も、鼻も、口も。

もりあがった肩の筋肉も。

正座でも椅子に座ったかのような太ももの厚さはどうだ。

人とも思えぬ。

「不肖この近藤勇、古畑殿をしかとお預かりいたしそうろう」

そ、そうろう、だと？

そりゃ書き言葉だ。

手志朗は思わず吹き出しそうになったが、ぐっと堪えて横を見た。

山本覚馬はまったく表情を変えない。

カマキリのように細い体を、ぴしりと立てて身じろぎもせず、

「さすがは、近藤殿」

低い声で言った。

「わが会津も、古畑敬之助為元のごとき英傑を討たれて黙っているわけではござらん。しかし、

御存じの通り、京の政局はぬきさしならぬもの」

「いかにも」

「今は会津が全軍を動かすわけには参らぬのでござる」

「よっく弁《わきま》えてござる」

「あるじ肥後守からも、近藤には世話をかけるが、古畑手志朗直実《なおざね》がこと頼みいる、とのお言葉でござる」

「肥後守さまのお言葉を賜うとは、ありがたき幸せ。命に代えましてもお役目を果たす所存にござそうろう」

(ござそうろう、と来たもんだ)

内心、手志朗は突っ込んだ。

この近藤勇という武士は、なにからなにまで大仰だ。

英雄譚の豪傑よろしくひとつひとつの動きが芝居じみている。への字に曲げた大きな口に隈取りをすれば、そのまま歌舞伎の鎌倉権五郎だ。

「古畑殿」

近藤は、手志朗の顔を正面から見据え、地から響くような胴間声で言った。

「この近藤が引き受けたからには必ずや父上の御仇、討ち果たすことができるでござそうろう」

「ありがたきお言葉」

「はばかりながら、わが新撰組に怯懦《きょうだ》なるものなし。すべて忠義に燃えし猛勇たる報国の士にござる」

「承った」

「貴君におかれてもまた、勤皇の誉れ高き槍の名手・古畑敬之助為元先生の御子息にて、溝口派一刀流を修めたる武辺にして豪傑と聞く。貴君を同志に迎えるに一片の憂いもなし。拙者からもよろしくお願いたてまつる」

「こちらこそ、お願いたてまつる」

手志朗は穏やかに受け流しながら、考えた。

ん？

一刀流を修めたる武辺？

ふと顔を上げると、山本覚馬がにこにこ笑っている。

「まんず、おめの、会津武士としての底づからを、存分に発揮してくるなし」

山本はわざと、きつめの訛りでそう言った。

んんん？

武辺にして豪傑？

どこでそうなったのだ？

自分はむしろ、武辺というよりは学究のつもりだが。

手志朗は内心首をかしげながら、その言葉を聞いていた。

山本はなかなかの周旋家だ。

なにか、してやられた気がしていた。

しかし、今さらどうしようもない。

もっともらしく、しかめっつらをするだけだ。

手志朗はことさらに口をへの字に曲げ、胸を張る。

「藤堂《とうどう》君」

ふと気が付くと。

背後に、月代《さかやき》をきれいに剃った居住まいのよい若ザムライが座っていた。

「古畑手志朗直実君だ。所属は、八番隊としてくれたまえ」

「はっ」

顔をあげた俊敏そうな若者は、カン高い声で、

「藤堂平助《へいすけ》にござる。以後、お見知りおきくだされ」

と頭をさげた。


藤堂に連れて行かれた部屋は、長い廊下をわたって、中庭に面した広間だった。襖を開け放し、平隊士らしき若者どもが集まっている。

「おのおのがた」

頭のてっぺんから出ているようなカン高い声で、藤堂は言った。

「会津藩、古畑手志朗直実君である！」

藤堂は小兵ではあったが、全身がバネのようにきびきびと動く青年だった。動きに隙がなく、無駄なものがまるでない。

鍛え上げられたからくり人形のような感じである。

「今般、故あって、新撰組に加盟された。局長の命により、わが八番隊付きとなる。みな、承知おくように」

隊士たちは、思い思いの格好でくつろいでいた。

将棋をさすもの。上半身裸で仲間に灸をすえてもらっているもの。布団を出して寝そべっているもの。背中の筋を伸ばしながら、わけのわからない格好で書見しているもの。

起き上がって挨拶しようなどという殊勝なものはいないようだ。

ひどいものだ。

これでは、どこかの中間部屋ではないか。

中間にしたって、会津の中間《ちゅうげん》は、もっと端然としている。

「肥後守さまの御家中だあ？」

いくらか古参らしい、歯の抜けた眇《すがめ》の男が言った。

だらしなく出した腹を掻きながら、煙管《キセル》を咥《くわ》えている。

「なんで御家中のサムライがここへくるんでえ。俺たちがなにかやったって言うのか？」

「慌てるな、諸君を監視に来たのではない」

「だとするとなんでえ？」

「古畑君は、御父君を市中にて不逞の浪士に襲われて亡くされた。我々とともに市中巡邏《じゅんら》に出て、仇を探してもらう」

「は？」

「我々は助太刀、というわけだな。武家の名誉である」

隊士たちは唖然とした顔で、手志朗の顔と、藤堂の顔を交互に眺めた。

無遠慮な、礼儀をわきまえない態度である。

藤堂は、慣れているのか、無視して手志朗に言う。

「我々八番隊の表番は八のつく日だ。すなわち、八日、十八日、二十八日。この日は市中の巡邏に出る。それ以外にも裏番があって、それは毎月変わる。まあ、だいたい月に六から七日程度の当番があると思ってくれたまえ。今日は九日だから、当番は九番隊。われらは非番というわけだ」

「そういうわけで、俺たちゃここで、鼻毛を抜いているってわけよ」

灸をすえてもらっていた小太りの男が、上半身を起こしてニヤケた顔で言った。

「ちなみに拙者は、昨日の巡邏で、不逞浪士一名斬りたる手柄」

すると横で将棋をさしていた背の高いやせっぽちが言った。

「まてまて。あれは拙者の手柄でござろう。敵の指を落としたのはわが一刀であった」

「いや、殺したのはわしの一突きさ」

男たちは、口汚く功名を争う。

「まあ、その話はいい」

眇の男が立ちあがる。

立ち上がると、男は異常に上背のある感じだった。

それに顔つきがおかしい。

金づちでたたかれたように顎がひん曲がっているのだ。

手志朗はなんだか、頭がくらくらした。

「おう、会津の。どれぐらいできるンだ？」

眇の武士は、手志朗を上から覗き込むようにした。

「こっちは命がかかってるンだぜ。下手な奴がいたら、わしらだって命取りだ。なあ、みんな」

「そうさ。だから俺たち新撰組には厳格な入隊審査があるのさ」

灸の男が口を挟む。

「腕に覚えがあるんだろうな」

「蓑田《みのだ》君」

藤堂が止めに入った。

眇の男は、蓑田、というらしかった。

「いや、魁《さきがけ》先生に何言われても言わせてもらうぜ。この新撰組に、一人も下手はおらん。一騎当千のツワモノばかりだ。だからこそ安心して一緒に、市中巡邏に出られるのさ。誰だって巻き添えは嫌だからな」

「確かに」

と、これは灸の男。

「おうおう、会津のおサムライさまよ。どれだけ斬ったことがあるんでぇ？」

「憚りながら」

手志朗は内心、腹を立て始めていた。

寝そべっていたり、肩をゆすったり、もののふと話すときの態度ではなかろう。武士ならば、初見の相手には正座をして頭を下げ、どこどこの誰誰である、以後お見知りおきくだされと挨拶をするべきである。しかもこちらは会津二十三万石の上士なのである。礼を失するとは、やはりこやつらは得体のしれない下郎どもだ。到底サムライではあるまい。

(そうであれば、こちらとて礼を尽くす必要などない)

手志朗は、そう思った。

頬を膨らまし、ぶっきらぼうな表情で答える。

「人を斬ったことなど、ない」

きっぱりとした回答に、隊士たちは顔を見合わせた。

そして、はじけるように、笑い出した。

「なんと！」

「あ、はははは！」

「とんだお坊っちゃんだ！」

笑いの渦の中にあって手志朗は、表情を変えずに立っていた。

(下衆《げす》め)

心中で、吐き捨てた。

その様子を見て、藤堂はため息をついた。

「諸君。古畑君は、会津溝口派一刀流の使い手だ」

「ほう、一刀流か。だから近藤先生は、藤堂先生の隊に入れたのだな」

納得したように蓑田がつぶやいた。

「でもまあ、しょせん我々は流派があってないようなものだ。俺なんぞ、新撰組に入ってからはじめて近藤先生に型を学んだのだものなあ」

「わしも、無念流だが、ま、似たようなものだ」

「一刀流を修めているのなら、そこそこやるってことか」

「そうだろうな」

「師匠がいるんなら、シッカリしたもんだろ」

「まあ、筋目はいいわな」

蓑田と、灸をすえていたサムライ、痩せた背の高い男が口々に言った。

「諸君、納得したかな」

藤堂は、全員をねめ回すように続ける。

「古畑君は、肥後守さまより近藤局長へ直々の周旋による加盟である。居室は奥の座敷となる。異論なきや」

「おう」

「承った」

くちぐちに、隊士たちは答える。

すると、灸をすえていたサムライが、寝そべったまま呟くように言った。

「溝口派一刀流の太刀筋かあ。見たいものだなあ」

「うむ。わしも」

これは蓑田。

「おお、わしもだ」

急に、隊士たちの目が輝きはじめた。

「古畑殿、同じ隊になったのも、何かの縁。ぜひ拝見したく」

「拙者も、ぜひ拝見したい」

「ちょうど四つ半から、稽古場に先生方が出るではないか」

「うむ、ちょうど良い」

彼らの話を、憮然として聞いていた手志朗だが、どうしたものかと内心で焦り出した。

会津武士としての心得はわきまえているし、そのへんの浪人よりは強いぞという気持ちはあるものの、あくまで自分は洋学者である。剣に関して、確固たる自信はない。

「不調法《ぶちょうほう》にござる」

手志朗は胸を張って言った。

しかし、隊士たちはそれを謙遜と受け取った。

「いわっしゃる、いわっしゃる」

「さすが上士。奥ゆかしいのう」

みな、手志朗の言葉など、聞く様子はない。

「遠慮めさるな」

「他意はない、新しい流派が入れば、剣士はその剣を拝見したいものだ」

「名門の太刀筋を勉強させていただくのみ」

「われらは剣友よ」

押し出されるように、手志朗は道場に運ばれていってしまった。


道場は、庭の先に建っていた。

すでに木刀を持った隊士たちが満ちている。

それにしても新撰組は、立派な道場を持っているものだ。

会津藩一千名が駐屯している黒谷の会津本陣は、もともと寺だから道場はない。藩士たちは毎日、庭に出て立ち切りをしていたものだ。

（それに比べ、なんと恵まれていることか――）

手志朗は内心、感心した。

履物を脱ぎ、次々道場へ入る。

すると奥のアガリの真ん中に、鑿で削ったような顔立ちの近藤勇が、どっかと座っていた。

右の隣に、役者のように見栄えのする背の高いサムライがいる。

「あれは参謀の伊東甲子太郎《いとうかしたろう》先生だ。つい先月加盟されたばかり」

耳元で、藤堂が言った。

近藤の左隣には、丸顔のふっくらした、優しそうなサムライが座っている。

「総長の山南《やまなみ》さんだよ。これも覚えておくがよい」

と、藤堂はあごをしゃくった。

こっちは『さん』なのか、と手志朗は思う。

総長と参謀がどれぐらい偉いのかわからなかったが、とりあえず幹部であるようだった。

道場を仕切っていたのは、背が高く美しい立ち姿の、それでいてどこか目つきの冷たい、凄みのある男だった。

丸太のような木刀を右手に持って肩にかけ、大声で気合を入れている。

「それでお前ら、不逞の輩どもを斬れるのか」

左手でバンバンと羽目板を叩き、

「殺されるぞ、おおぅ、貴様ら！」

などと叫んでいる。

その男が、師範代であるらしかった。

隊士たちが、裂帛《れっぱく》の気合を発して次々と立ち向かっていくが、軽くあしらわれている。

強い。

ひとりの痩せた剣士が、壁に叩きつけられ、膝をつく。

すると師範代、こともあろうかそれを足蹴にした。

「立て立て立てぃぃぃぃぃ！」

たまらず隊士はその場に転げてしまう。

ひどいな。

手志朗は眉をひそめた。

「この下手くそが！　死んじまえ、貴様ァ」

耳をふさぎたくなるような、汚い言葉をなげつける。

「倒れるな！　剣をふるえ！」

「油断させて足を斬れ」

「最後は嚙みついて顔を食いちぎれ！」

あほか。

そんな剣術の指導があろうか。

正直、手志朗は驚いた。

荒稽古なら手志朗にも経験があるが、これはあまりに下品に過ぎる。会津なら嚙みつけなどとは死んでも言わない。

すると耳元で、藤堂が言った。

「あれが有名な土方歳三《ひじかたとしぞう》だ。覚えておくとよい」

その名は、洛中に響き渡っている。

血が凍った人殺しだという噂だった。

あれがそうなのか、と、口をあけて見ていると。

例の蓑田が、

「土方先生、本日ご加盟されたる会津藩士古畑手志朗君、推参！　お手並み拝見！」

と叫んだ。

道場中の男たちの目が、一気に手志朗に注がれる。

手志朗はたじろいだ。

土方は、ゆっくりと振り返ると、舌なめずりをするような顔つきでこちらを見る。

「ほう」

肩をゆらして近づき、ねめまわすように眼をくれたあと、ふりむいて、背後に座る近藤勇を見た。近藤は、眉ひとつ動かさない。

納得したように、土方は頷いた。

「ふうむ。おまえか。肥後守さまからの預かりものというのは。うむ、聞いておるぞ」

よく見ると、この土方歳三という男、目を背けたくなるような三白眼だった。

「腕を見せてもらおうか」

「不調法でござる」

即座に手志朗は言った。

「うむ？」

「それがし、不調法でござる」

手志朗は胸を張って見せた。

「なんだと？」

手志朗は、不快であった。

会津松平肥後守の家臣として、初対面の浪人にこのような口のきき方をされたことはない。

さきほどは、身分の低い浪士であったから無礼も仕方なかろうが、この男は幹部であろう。

幹部でありながら、サムライに対して礼をもって遇することもできぬとは、なんたる下郎であろうか。無礼に過ぎる。

（まずは、礼をしめされい）

手志朗は心の奥底で斬りつけるようにそう思った。

それが顔に出ていたのか、隊士たちがにわかに緊張する。

土方は、道場中を、芝居じみた態度で見回し、

「ほう。ご立派なモンだなァ」

とつぶやいた。

なぜ、この新撰組の幹部連中はどいつもこいつも芝居じみているのだろうか。

「勘違いするなよ。この新撰組は会津の御家中じゃねえんだ。加盟したからには俺たちの法度に従ってもらうぜ」

足元に、木刀をからりと投げる。

「——取れ」

土方が使っていた丸太のような木刀にくらべると細く軽いものだった。

ますます無礼である。

「士道に悖《もと》るものは去るが俺らが法度。本日は、武士の情け、これにて相手を仕ろう」

挑戦的に睨まれて、堪え切れず、手志朗は木刀をとって立ちあがった。

サムライとして、これだけの恥辱に耐えて座っているわけにいかない。

そのとき、手志朗は自分の心の中の動きに驚いていた。

それまで、手志朗は、我を忘れて怒るということがなかった。

しかし、今は無性に腹が立った。

なぜだろう。

(この男)

わが殿、会津肥後守の配下にありながら、身を慎まぬ下衆のふるまい、殿に申し訳がたつと思うのか。藩士が身を慎むのは、殿への忠であり、藩への義であり、親への孝である。こんな勝手な振る舞いがあろうか。

そう考えると、猛烈に、腹が立った。

自分でも驚いた。

藩にあって自分は決して主流ではないと思っていたが、外に出ると違うらしい。

木刀を額にあて、一瞬目を閉じる。

溝口派一刀流の精神集中法である。

故郷の剣術師範の鋭い顔つきを思い出す。

その巨木のようなどっしりとした骨太な存在感が、懐かしかった。師範は老齢であったが、目の前の土方などというチンピラよりもずっと人格者であり、強かった。

そうだ。

自分には、会津の血が流れているのだ。

「ふふん――」

土方は鼻を鳴らした。

バカにしたような態度だった。

手志朗はふたたび、かちん、ときた。

(この男は、許せない)

手志朗は、前に進み出る。

すると、土方はこちらを向いて、剣をかまえた。

(えッ?)

驚いた。

土方の構えは、体を半身にし、木刀の根元を持った左のコブシを腰に据え、右のコブシを前に突き出した、ひどく癖のあるものだった。

切っ先が激しく右に寄っている。

まるでヤクザが腰を落として、長ドスを構えているかのような姿勢なのだ。

対して、手志朗、背筋をぴんと伸ばして、正々堂々と正面を向いて剣を青眼にすえた端正な構えである。

(ふざけるな)

こいつはサムライじゃない、と手志朗は思った。

その辺の喧嘩屋かなにかのつもりなのだろう。

これが幹部――その瞬間、手志朗の中で新撰組の本質がわかったような気がした。

（下衆ども！）
じりじりと手志朗は、土方に向かって間合いをつめた。
まっとうな剣士から見れば、隙のある構えだった。
簡単だ。
偏った刀の先を叩いて起こしてやり、面を割ってやればよい。
その瞬間。
土方が笑った。
（笑った？）
そう思ったときにシュッと長身が近づいてきて、乱暴に胸を突いた。
（小癪な！）
かわしたと思った瞬間、今度は鳩尾《みぞおち》を突いてきた。
ああっと思ったとき、土方の強烈な三度目の突きが、喉笛を貫いた。
防具は、つけていない。
「うッ、げえええええ！」
手志朗は、そのまま羽目板まで吹っ飛ばされ、一瞬で意識を失った。

【三】　手志朗、市中巡邏に同行す

「あの土方さんのやりかたはひどい」

誰かの声が、意識の奥底から聞こえた。

「古畑君は会津藩士。肥後守さまからの預かりものだ。歴とした上士でありますぞ」

「うむ」

「いきなり喉笛を突くとは、無法に過ぎます」

「しかし……」

もう一人の穏やかな声が答える。

「一方ではあの土方のやりかたが、新撰組のタガを締めているのだ。理解はしてやらないとな」

手志朗が、ううう、とうなると、彼らは一斉に沈黙した。

「古畑君」

藤堂平助だった。

「ご無事ですかな？」

「……あ」

返事をしようとしたが、声が出ない。

喉をつぶされたのだ。

かすむ目をこすりながら布団から起き上がると、そこには、伊東甲子太郎と山南敬助《けいすけ》が、藤堂とともに座っていた。

「古畑君。ここは古畑君の居室にござる。誠に勝手ながら、床を取らせていただいた。こちらにいらっしゃるのは、伊東、山南両先生。お見舞いにいらっしゃった」

「……は」

痛む喉を押さえながら、布団の上に起き上がって正座し、二人に頭をさげる。

「……ご……足労……痛み……いりまする……」

「ご無理なさらず」

ふたりは、まともなサムライであるらしかった。

まとも、という意味は、ちゃんと挨拶ができる、という程度の〈まとも〉ではあったが。

「このたびは、災難でござったな」

山南が言った。

山南は、丸顔のでっぷりしたサムライだ。

鍛えられた肩がもりあがり、着物の中身が水樽のように膨れている。

小柄な相撲取りのような印象である。

小兵だが、強そうだ。

「池田屋の一件、長州との天王山《てんのうざん》の戦い以降、加盟同志が一気に増えましてな。新入りには必ず、土方があのような腕試しをしております。新人に対する『可愛がり』という奴で、他意はないのです。お気にやまれますな」

「それにしても、古畑君は普通の同志ではない。会津藩士だ」

「土方にはその見分けがつかんのだ。伊東先生にも市中巡邏に出ろというぐらいだからな」

「それにしたって」

「奴にも立場があるってことだろう。しかたがあるまい」

藤堂と山南の話を、ただ聞いていた伊東だったが、にこにこ頷きながら、

「まあ新撰組も、ここまで組織が大きくなり、古畑うじのような歴とした会津藩士も加盟するところまで来た。いつまでも今のように、下のものを力で抑えつけ続けるというわけにはいくまい。そのために北辰一刀流の筋目があるわたしが一隊を率いて加盟したわけだ。まあ、ご心配めさるな。おいおい、わたしが中心となって、隊の組織を今の規模にふさわしく整えますよ」

と言った。

伊東は、立派な羽二重を着て髪を総髪にまとめた威厳あるサムライである。

胸が厚く、背が高い。

先生と呼ばれるにふさわしく、また、それが当然であるかのようなふるまいであった。

居ずまいだけなら、粗暴な印象の近藤勇よりも押し出しが利く。

なるほど、伊東はそういう立場なのだな、と手志朗は思った。

そのとき、屋敷のどこからか叫び声があがった。

ぎゃあ、とか、なにをする、とか、誰かが叫んでいる大きな声がして、ばたばたと騒ぐ音が屋敷の中に響いている。

山南は、わずかに顔をしかめた。

「なにをやっておるのか」

「うるさいな」


——斬れ！　斬れい！


そんな声が聞こえる。

「あれは、左之助《さのすけ》だな」

「また長州の間者でも出たか」

「まあ、いずれにせよ、斬りあいだな」

藤堂と山南は言う。

遠くから、悲鳴は、続いている。

刃物がぶつかり合う音も聞こえる。

しかし、三人とも、なんでもない、というように落ち着いていた。

伊東甲子太郎が、悠揚《ゆうよう》たる態度で、言った。

「いずれにせよ、おのおのがた、御身を大事にされよ。我々にとっても、大事のときにござる。

——古畑うじ。身の危険を感じたら、不肖、この伊東にお知らせくだされ。お力に、なり申す」

伊東はそう言って手志朗に笑いかけると、巨体をゆったりとゆらして立ち上がった。


——ぎゃあ！

——討ち取ったぞ！

カン高い声。

「どうやら、カタがついたようですな。また、おろくがひとつふたつ増えるわけだ」

口片に微笑みを浮かべたまま、伊東は廊下に去った。

残った藤堂と山南は、顔を見合わせる。

「藤堂、粛清があるって、聞いていたか？」

「いえ、山南さんが知らないことを、わたしが知るわけがありませんよ」

「最近は、突然のことが多いからな」

「まあ、土方さんも必死なのでしょう」

ふたりとも、顔色も変えずに話している。

そうしている間も、左手に置かれた刀から手を離さない。

いつでも抜き打ちをできる場所に置いてある。

これはやはり、異常なことと考えていいだろう。

（とんでもないぞ――）

痛む喉をかばいながら、内心、手志朗は思った。

手志朗もサムライであり、文弱とはいえ、それなりには肝を鍛えられて生きてきた。

腐っても天下の会津武士だ。

しかし、なんだろう。

怖い。

こんな乱暴な一隊があるものか。

法もなければ、サムライの道徳である忠義もないというのであろうか？

手志朗は、喉をかばいながら、ぼそぼそと聞いた。

「し、新撰組には、隊規などはあるのでござろうか……」

「法度は、ござる」

藤堂は答えた。

「土方さんが決めた軍中法度というものがあるのだ。たとえば……」

一、組頭討死及び候時、その組衆、その場において死戦を遂ぐべし。もし臆病を構え、その寅口を逃げ来る輩これあるにおいては、斬罪、劓罪、その品にしたがって申し付くべきの条、かねて覚悟致し、未練の働きこれなきよう、あい嗜むべきこと
一、烈しき虎口において、組頭の外、死骸を引きのくこと無用たるべし

「そ、それは無茶ぞ」

それを聞いた手志朗は、むせるように咳をした。

これでは〈逃げたら、殺すぞ〉と脅しているのと同じではないか。

ひどい。

軍中法度というものは、もっと格調高く、全軍の士気を高めるべきものであろう。

藤堂は真顔で言った。

「無茶ではござらん。実際に、この沙汰に反したるものは、腹を斬らせる」

ぽかん、と口をあけて聞く手志朗に、横から、やれやれと首をふって、山南が言った。

「困った話ではござるがの。まあ、わが新撰組も寄せ集めであるがゆえ、これはこれで、機能しておる」

ため息をつくと。

「今や、情勢は変わり、我らも大きくなった。少し時代錯誤のような気もするが、まあ、これも法度である。よもや逃げようなどとは思わぬことですな」

「どういうことですか？」

「軍中法度の他に、禁令もあるのだ。脱走者は切腹です」

ひえ。

冗談じゃないぞ。

手志朗は思った。


手志朗がその場面を目撃したのは、七日後。

初めて、八番隊の市中巡邏に同行したときだった。

まず驚いたのは、その巡邏のやりかたである。

全員武装のうえ、揃いの隊服を着用。

市中の目抜き通りを行進し、宿屋や、長州や土州からの物産を扱う問屋があると、どかどかと入り込んで、地を裂くような大声で、こうのたまう。

「京都守護職会津公御預、新撰組であるッ。御用により罷り来す。主人はおらぬか！」

店の者があわてて飛び出してきたときには、隊士が框《かまち》に足をかけている。

「御用により、不逞浪士の探索をしておる！　怪しき者あらば、差し出せい！」

言い方も乱暴なら、やり方もむちゃくちゃだ。

店の者はあわてて二分銀などを懐紙に包んで差し出す。

隊士はそれを断りもせず、当然だと言わんばかりに、うむ、と胸をのけぞるようにして、受け取る。

「よしっ。不審のものあらば、いつでも屯所に申し出いっ！」

「へ、へえ。よろしゅうおす」

(こ、これでは恐喝ではないか)

手志朗はあわてた。

こんな乱暴な場においても、わが殿、会津肥後守様の名前が使われている。

(ゆゆしき問題！)

泣きそうになった。

辻つじに設置されている番屋や、会所があった場合も同様のふるまいである。

それが三、四件続くと、安藤《あんどう》という隊士が叫んだ。

「隊長、今日はまだ、手柄をあげておらんぞ」

「そうだ、ひとりやふたりを斬らんと、八番隊の名折れぞ」

「いかにも」

藤堂は答えず、口をへの字にまげたまま先頭を進むが、その後ろを歩いていた蓑田が、

「もとより承知。行くぞ」

と、町会所を見つけ、どかどかと踏み込んだ。

「御用であるッ！」

雷のような声を上げると、町会所でとぐろを巻いていた御用聞きが飛び上がった。

「ひ、ひえ！」

「この野郎、寝ておる場合ではないぞ」

「何の御用でございましょうか」

「町内を案内せい！」

京の町には網の目のように裏路地がある。

土地勘のないよそ者にはわからない裏路地の奥の長屋には、貧しい町民が多く住んでいて、不逞浪士たちの巣窟になっていた。

蓑田は、御用聞きを叩きおこし、これを案内させようというのである。

「ゆくぞ！」

「おう！」

一同、御用聞きを先頭に、裏路地のあちこちに設けられた木戸を抜け、奥へ奥へと入り込む。

貧しい長屋がある場所に来ると、隊士たちは、適当な部屋の扉を乱暴に叩き始めた。

手当たり次第、戸を押しあけていく。

「新撰組だ！」

「御免！」

裏路地の町民どもには大迷惑である。

すると、たまたま、その中のひとつのあばら屋に、浪人風の男が三人、たむろしていた。

「やや！　怪しき奴！」

「不審につき、詮議をするッ」

「ひかえい」

と叫ぶが早いか、蓑田、いきなり白刃を抜いて襲いかかった。

驚いた。

取調べもなにもない。

浪人風の男たちは、確かに、貧しげな身なりで凶暴な目つきをしていた。

が、敵とは限らない。

あまりに無茶ではあるまいか。

浪人たちにしたら、いきなり刀を抜いて迫られれば、是非なく戦わざるを得ない。

「なんだ、この野郎！」

「なにをするッ！」

狭い路地の小さな井戸のわきで、壮絶な斬りあいになった。

（ええ〜っ）

と思ったときにはもう遅い。

血しぶきをあげて、手志朗の顔に親指大の肉片がとんできた。

ぴちゃっと腕についたので、手に取ると、そこにはびっしり毛が生えている。

（ひ、ひえええええ）

内心うろたえたとき、横で、まだ十代のかんばせの若い隊士が、手志朗よりも大きな悲鳴をあげた。

切断された左腕を抱えて、腰を抜かしている。

「お、お助け――」

目深にかぶった鉢金《はちがね》の鞘の奥に見える瞳が、恐怖に震えていた。

「由井《ゆい》！　前に出ろッ！」

藤堂の声だった。

「お前は、早く手柄をあげねばならんのだ。前に出るんだッ」

「ひ、ひいいい」

その若い隊士は、尻を地べたにつけたまま、あとじさり、敵に背を向けた。

すると、

「敵に背を向けるとは、なにごとか！」

蓑田が進み出て、首から背中にかけて一気に斬り下げた。

「！」

驚いた。

味方を、斬る。

手志朗の感覚では、信じられないことだ。

「敵に背を向けるべからず！　局の法度にあろうが、愚か者！」

由井という若者は、声も上げずに、その場に昏倒した。

藤堂は一瞬それに目をむけたが、すぐに視線を戦闘中の隊士に戻した。

驚いたことに八番隊は、誰も、今、足元で背中から血を噴きだして絶命しようとしているこの若者を気に留めない。

全員、みすぼらしい痩せ浪人を、切り刻むので必死なのだ。

まだ敵かどうかもわからない浪人を、全員が押し包んでいる。

新撰組は一人の敵に対して、三人ひと組で戦闘にあたる。

ぼろを着た浪人を、浅葱色の隊服を着た隊士たちが押し囲んで切り刻み始めた。それは、傷ついたネズミを、野良犬どもが貪り食っているように見えた。

ぎゃうううっという、命がひねりつぶされる声がして、血しぶきがびちゃっ、と飛ぶ。

戦闘が終わり、井戸前の路地の真ん中に、切り刻まれた肉の塊が三つ残った。

あっと言う間だった。

すると隊士たちは、藤堂の前に駆け寄り、膝をついて、次々叫んだ。

「阿州徳島浪士・岩田五郎直実、一番槍、手柄ッ！」

「よしッ」

「和州植村・井関弥兵衛、一の太刀。手柄ッ」

「よしッ」

「府内浪士・浅野彦四郎、我こそトドメ、手柄ッ」

「よおおおっしッ」

藤堂は、白刃を抜いた仁王立ちで、隊士たちの報告に、いちいち頷いて答え、

「おのおの、ご苦労である。この手柄、すべて副長へしっかと報告いたす！」

「おおおっ！」

と、ここで、全員の、勝鬨《かちどき》。

「えいえい！」

「おおおおおお！」

戦国時代でもあるまいし。

浅葱の隊服を着て白刃を抜き、ただ茫然と藤堂の横に立ちながら、手志朗は口をあんぐりと開けていた。

みな、血まみれで、笑っている。

ひと仕事終えたぜ、というさわやかさだ。

その足元で、仲間の若者が、ぴくぴくと体を痙攣させて絶命しようとしている。

藤堂は、何事もなかったように、防火桶のわきで腰を抜かしていた御用聞きを抱き起し、ふたたび案内に立つように命じた。

いくつもの木戸を抜けて町会所に戻り、そこにいた町役人どもに、これこれの辻に死体が転がっている故、処理するように、と指示する。

新撰組隊士の死骸もあるので、それは壬生の屯所に運ぶように、と、付け加えておいて、叫ぶように言った。

「帰隊する！」

「おう！」

男たちは声をあげると、意気揚々と隊列を整え、壬生へ向かって進軍を始めた。


その日の夕方。

壬生寺から響く暮れ六つの鐘の音を聞きながら、前川屋敷の中庭の井戸端で、泣きながら血まみれの隊服を洗っている下女を見た。

小柄な女だった。

貧しく汚れた身なり。

サツキの赤い花を染めた白い手拭いを、頭に巻いている。

手志朗は部屋のへりに座って、呆然と、それを見ていた。

ふと立ち上がり。

中庭におりて、下女に声をかける。

「由井うじと、存念があったのですかな」

殺された若者は、由井播磨太郎《はりまたろう》と名乗っていた。

「そんなことやないッ！」

下女は鋭く斬りつけるように言って、顔をあげた。

驚いた。

粗末な服を着て働いている姿は、遠くからの目には、疲れた中年女のように見えた。

しかし、近くで見る彼女は、まだ十代のように見えた。

太い眉の下に大きな瞳があり、小ぶりの鼻筋は通り、口元は厳しく引き締まっている。

美人ではないが、まるで少年のような、精気と意志に満ちた鋭い顔立ちであった。

「見損なわんといてなッ」

彼女は、吐き捨てるように言ったあと、相手が上士だと気が付いたようだった。

しまった、と驚いたように目を見開き、あわてて汚れた袷《あわせ》を叩いて、頭をさげた。

「し、失礼しました。申し訳ありまへん」

「いや、わたしが突然声をかけたのだ。こちらこそ、すまなかった」

「――いえ――」

下女は、黙って下を向いた。

「ただ、おぬしが泣いておったでな」

手志朗は言い訳するように呟いた。

すると下女は、呟くように言う。

「……あんまりや、おまへんか」

「あんまりだと？」

「きっと、このお方やって、どこぞの田舎の百姓の次男か、三男坊ですやろ。そうでなければ、大坂あたりの貧乏長屋に巣食っている浪人の息子か……、いずれにしたって、似たようなもんや」

「…………」

「食うに困って、新撰組に入ったに違いあらへん。それなのに、たいして手柄もあげないまま、味方に背中を斬られて果てるなんて……不憫やおまへんか」

女は、じっと手志朗を見つめた。

「……いかにも」

手志朗は、その言葉を絞り出すので精いっぱいだった。

「このまま寺の穴に捨てられて、念仏もあげられずに忘れ去られてしまうなんてあんまりや。何のために生まれてきたんや。誰かが、泣いてあげてもいいやないか」

「…………」

「泣いてあげるぐらい、なんでもない」

手志朗はその言葉を呆然と聞いた。

女は真っ赤にした目を血まみれの隊服に戻し、井戸の水をかけながら、呟くように言った。

「ひどい」

「う」

「うち、こんなこと、嫌いどす」

「――――」

「もう、ええかげん、やめてほしいわ」

女は泣いている。

死体は、いつもどおり調べ役の隊士が、壬生寺に運んで埋葬したのだという。

いつもどおり、という言葉が、この新撰組の異常さを物語っているように思えた。

そして、おそらく、この下女だけが、まともなのだ。

そんな気がした。

ひとの死というものは、日常なんかであってはならぬ。

思わず胸に手を当て、血まみれになって切り裂かれたその着物を、茫然と見下ろす。

つい先ほどまで、この着物を着ていた若者は、生きていた。

しかし、今は土の中にいる。

なんとあっけないのだろう。

ざわり、と大きな風が吹いて、屯所の庭の木々が、ざううう、と音を立てた。

前川邸の重い瓦の上を風が疾り、屋根にとまっていたスズメが一気に飛び立つ。

(ひとごろしが日常になった集団――)

しかも、この集団を脱することは許されていない。

恐れていることを口に出すことすら、許されていない。

あの苛烈な軍中法度を決めたのは、土方歳三だという。

道場で喉を突かれ、倒された日。

冷静にひとをなぶることを楽しんでいるような土方の、切れ長の三白眼を思い出した。

あのとき、あの男は笑っていたのではあるまいか？

ひとが苦しむ姿を楽しむかのように、わが喉元に木刀の切っ先を突き入れた。

その感触を思い出すと、ツバを呑みこむことさえ、はばかられるような気がして、喉に手を当てた。

（なんなんだ、ここは？）

手志朗の腹の底を、鈍痛が悪寒《おかん》のように通り過ぎる。

ふたたび、こう思う。

（とんでもないところに、来てしまった――）

【四】　手志朗、蜘蛛の糸に絡め取られる

会津若松は、北国、磐梯《ばんだい》にあり。

冬は凍えるが、越後ほどに雪が降るわけではない。

それでも広い盆地は雪に白く染まる。

飯盛山《いいもりやま》に登ると、若松城の背後に広がった田ンボに雪が降りつもり、白い落雁を敷きつめたように見える。

寒いけれど、空気は澄んでどこまでも美しく、胸いっぱいに吸い込むと、どこか胸の奥が温まるような〈甘さ〉があった。

城下は、冷たい川の水を引き込んだ堀に囲まれている。

その堀ノ内に、上士の屋敷が並んでいる。

手志朗が育った屋敷も、その中にあった。

静かで、端正な屋敷であった。

庭は隅々まで掃き清められている。

その中で、家族は、食事どきは音を立てぬよう、眠るときは寝返りを打たぬよう、廊下を曲が

るときには直角に曲がるよう、サムライとして正しく、ひっそりと暮らしていた。

下男下女も多く使っていたが、彼らが大声を出したりすることはない。

そして、手志朗の許婚者として連れてこられた〈おてい〉もまた、もの静かな少女だった。

手志朗はまだ話したことはなかったが、その少女が、不思議なほど古畑屋敷の質実剛健な佇まいに似つかわしかったことは覚えている。

まるで最初から、屋敷の調度品として作られたかのような少女——。

世が世であれば、手志朗は国元にて、あのような屋敷で、あのような妻を得て、静かに年をとったのだろう。

城よりも高い建物も、碁盤の目のような広大な街並みも、見ないままに一生を終えたのかもしれない。

しかし時勢の波は、彼を、はるか江戸を越え、京まで送り出した。

江戸も京も、巨大な街であった。

街というものはおかしいものだ。

さまざまな人間がおり、異常なできごとが次々に起きる。

これが人の世というものなのだろうか？

思い返せば。

（会津は、すべて、なにもかもが〈まとも〉であった——）

手志朗は考える。

教育藩会津において、サムライの子は幼い頃から、什《じゅう》と呼ばれる子供同士の互助組織に入ってサムライとしての生き方を学ぶ。

その〈教え〉とは、このようなものだ。

一、年長者のいふことに背いてはなりませぬ
二、年長者には御辞儀をしなければなりませぬ
三、虚言をいふことはなりませぬ
四、卑怯な振舞をしてはなりませぬ
五、弱い者をいぢめてはなりませぬ
六、戸外で物を食べてはなりませぬ
七、戸外で婦人と言葉を交へてはなりませぬ
　　ならぬことはならぬものです

次に、十の年から、藩校の日新館にあがり、朱子学をみっちりと叩き込まれる。

大君の儀、一心大切に忠勤を存ずべく、
列国の例を以て自ら処《お》るべからず。
若し二心を懐《いだ》かば、則ち我が子孫にあらず。
面々決して従うべからず。

それは、どこまでも純粋で、まっすぐな忠義の道であった。
潔く、単純であり、わかりやすい。

それこそが、サムライだと教えられた。

しかし、どうやらそれは、会津の領内だけで通じる道徳だったようだ。

同じ教育をうけた仲間だけに通じる忠義だったのだ。

広い世界に出た途端に、そんな甘えは許されない。

忠たるべしと京に出た我らは、嵐のごとく繁忙なる街での周旋に追われ、大事なことを忘れていく。

連日、ならず者どもが市中にて起す事件の数々。

過激な策謀を繰り返し、京の治安を悪化させようとたくらむ長州のごとき一部の大藩や、その賛同者たち。

藩士たちは連日、それらの鎮圧に大わらわである。

いっぽうで幹部は、御所や二条城での慣れぬ駆け引きに神経をすり減らしている。

成り行きとはいえ、オオカミのような不良浪人たちの集団を『預かり』、市中にて貧乏浪人たちを斬るに任せている。

彼らは教育を受けたサムライではなく、ただ、口を糊するために人を斬る、得体のしれぬ浪人集団だ。

そしてわが藩は、それを公然と許している。

家中にならず者どもを雇っているようなものである。

そしてなぜか、自分は今、そこにいる。

このマジメ一本やりで生きてきた学究が、ならず者どものひとりとなっているのである。

(この世界は、幼い頃に習った会津のサムライの世界よりも、ずっと広く複雑であったのかもしれぬ――)

手志朗は思う。

(父上を斬った不逞の浪士も、サムライなんかではなかったのかもしれない。我らまっとうなサムライの常識が通用しない、別世界の連中がしでかしたことなのかもしれない。だとすれば、こんなことをしていて、本当に父上の仇は討てるのだろうか)

手志朗は、ひとり居室に座して、深いため息をついた。

そもそも、こんな広い京の町で仇を探すのなど、藁山の中から針を探すようなものなのだ。

自分の手を見る。

手志朗は今日、巡邏で、はじめてひとを斬った。

正確に言うと、刺した。

隊長の藤堂が、裏長屋に潜んでいた浪人をさんざんなぶったのち、最後のトドメを手志朗につけさせたのだ。

藤堂は返り血にまみれた顔でニッカと笑い、こう言った。

「古畑さん。トドメを刺しなされ。これもお役目でござる」

有無を言わさぬ口調だった。

周囲に他の隊士の目もあった。

やるしかなかった。

前に進み出て、刀を平らにし、傷ついて戦闘意欲を失った浪人の左胸に、よく研いだ切っ先を、すうっと差し込んだ。

手に残った嫌な感覚を、思い出す。

途中で一瞬、骨にあたり、ごきっとひねったとき手元に伝わってきた感触。

血まみれの浪人の、すべてをあきらめたような目つき。

鳥肌が立つほど気味が悪かった。

(ああ、なぜこんなことになったのか)

そんな手志朗に、廊下から声をかけたのは、山南敬助であった。

壬生村に夕闇が迫り、かあかあとカラスの鳴き声が聞こえている。

今夜、めずらしく屯所は静かだった。

「古畑殿――」

「は」

「今、大丈夫ですかな」

「はい」

手志朗は、居住まいを正し、山南を室に招き入れた。

山南は笑みを含んだ声で言った。

「お手柄だそうですな。これで一安心だ」

「いえ、藤堂さんが手筈を整えてくださったのです」

「わかっております。しかし、今の新撰組において、怯懦なりという噂が立つと御立場がまずい。まずは自分の手柄としておくことが得策。平助には、わたしが指示したること」

「あ。そうでございましたか」

にこにこと山南敬助は、穏やかに笑っている。

「かたじけのうございます」

手志朗は素直に頭をさげた。

山南は、オオカミのような新撰組隊士どもの中で、唯一学問がある立派な人物であるように思えた。その笑顔は常に温和で思慮深く、隊内だけではなく、駐屯する壬生村のひとびとや他藩の士官からも信頼が厚い。

その山南を前に、手志朗は、所在なげに顔をなでた。

「そう緊張なさらずに。大した用事ではござらん。なに、今夜は、他の幹部連中が連れだって遊郭に行っておる。ひとりで飲む酒はつまらぬのでな」

手を叩くと、件《くだん》の少年のような顔立ちをした下女があらわれ、給仕についた。

先日の井戸端では、涙でぐちゃぐちゃになって、死んだ隊士の血まみれの羽織を洗っていたが、今は、こざっぱりと髪を結いあげ、やわらかく口元をくつろげている。

こう見れば、ちゃんとした少女である。

山南は、彼女に用意させた小皿をゆびさした。

「酒のアテは、塩昆布でござる。京はこういうものがうまい」

山南は、少し仙台のなまりが残るものの、さっぱりした江戸弁をしゃべるサムライだった。

江戸の暮らしが長かったのであろう。

わきの小皿に、塩を盛る。

このようなまめまめしさは、江戸のものだ。

茶碗に酒を注ぎ、お互いに献杯をしたのち、ツィーと飲み干す。

口の中に、えもいわれぬ甘い味わいが広がった。

ああ、と手志朗は思った。

酒は久々だった。

ふわりと、胃の腑の奥が緩むのを感じた。

ずっと、緊張していたのだ。

酒を飲む、ということを思い浮かべる余裕もなかった。

「いかがでござる、加入してから間もなく半月だ」

「いや、なんとも」

「うむ、誰もおらぬ。遠慮なく話していただいて結構」

「――新撰組は、腕が立つ剣士のみにて、文弱のわが身の置き場に困ってござる」

言葉を選んで、しかし正直に、手志朗は言った。

「ははは。いかにも」

山南は酒を飲んだ。

「わが新撰組は、強い」

「ですな」

「しかし、その強さは、そのあたりの地回りヤクザのような強さである。泥臭いし、礼儀がなってない。滅茶苦茶だ」

「そのようなことを言っていいのですかな？」

「本当のことだ」

山南はいたずらっぽく笑った。

「古畑さん、あなたならわかるはずですぞ」

「ふうむ」

手志朗は唸って、目の前の小柄なサムライを見つめた。

山南は率直であった。

彼は、塩をつまんで舐め、ツイッと酒を呷ると、言った。

「……わたしは、この新撰組を、単なる乱暴者の集団ではなく、本物のサムライ集団に変えたい」

「ほう」

「われわれ浪士隊は、そもそも尽忠報国・尊皇攘夷の旗印のもと、有為の剣士が自らの信念に従って同盟したものでござる。当初同志は二十四名。旗揚げ時に後ろ盾となってくださったのは、会津のほかに、水戸《みと》学派の総本山・水戸徳川家」

「それは初耳ですな」

「水戸藩はわが隊の重要な後援者であった。しかし、その後援も、水戸出身の局長が会津の命令で粛清されたことで、終わったのでござる」

「なんと」

会津の命令で、というところに手志朗は驚いた。

そんな話、聞いたこともない。

「結果われわれは、貧に窮した。ようやく先の池田屋手柄により世に出、続いて七月の蛤《はまぐり》御門・天王山での戦で認められ、支給されたる報奨金によって一息つくことになった。給金も出るようになり、今夜のごとく幹部連中が島原や祇園へ出入りできるようになったわけでござる」

「ふむ」

「それ自体はよろしい。しかし、名が売れると同時に、急激に組織も大きくなった。新規の応募隊士が一気に増えた。結果として、本当に尽忠報国の志に燃えたるものは去り、金が目当ての食い詰めものばかりが集まった」

山南は、困ったものだ、とばかりに首をかしげる。

「近藤、土方は、それでもかまわないと言う。まずは武威を整えんと、いたずらに人員ばかりを増やす。すべて、歴たる各藩に対抗するため、我を張るためでござる。しかし、集まってくるのは出自の怪しい食い詰め浪人ばかり。勤皇の志も甚だ怪しい。乱暴狼藉をはたらき、せいぜい給金をもらって良い目に会いたいという手合だ。こうなってくると、連中を押さえつけねばならん。あのような苛烈な法度も必要だ。おわかりか」

「は」

「あの軍中法度は最低にござる」

「最低――はあ」

手志朗も苦笑せざるを得ない。

「新しい隊士たちは、斬れば斬るほど、報償が下されると思っておる。また背を向ければ味方に斬られる。おいおい、獣のように斬るしかない」

「いかにも」

「わが神州、日の本の有志の腰間には三尺の秋水あり。大和魂は、あたら下品なものにござらん。しかも、先だっての池田屋および蛤御門・天王山の戦によって長州一派は京より一掃された。いまや京の町は守護職の軍令下にある。もう不逞浪士は京都にはおらんのだ。おらんものを、おるといって、報償目当てにオコモ斬りをしている。もうここには大義はない。こうなってははもはや新撰組は、大義を失くした人殺し集団でござる。違いますかな？　これでいいのか？違う。なにかが間違っておる」

「山南先生。声が大きいのでは？」

笑いをふくんで、手志朗はたしなめた。

しかし、心の中で感心していた。

頭の中で、もやもやしていたものが、一気に晴れていくような感じがした。

なるほど。

そう説明されるとわかりやすい。

わが会津も、しばらくは長州に手を焼いていた。

しかし、わが御殿上京以来の奮励努力がみのり、いまや会津は薩摩と協力し、長州を追い出して京を制圧した。今の京は、一時期よりもずっと落ち着いていることは確かであった。

「ふうむ」

唸りながら、手志朗は酒を口に含んだ。

すると、山南は、笑いながら言った。

「土方の構えを見ましたか？」

「はい」

「どう思われました？」

「独特な構えだ」

「ふふ――さよう。あれは、近藤局長が宗家をつとめる天然理心流の構えです。局長も、一番隊長の沖田《おきた》も、あそこまで極端じゃないが、切っ先が右にふれておる」

「一刀流ではあのような型はありませんな」

「その通り。あの構えは下品でござる。われわれは、ヤクザではない。武士の刀は、長ドスではない」

山南は、手厳しかった。

「あれはね、多摩の田舎の地回りどもが、ドスを構えるときの型でありますよ」

「なんといえばいいのか」

返答に困って、手志朗は酒を飲んだ。

そんなことを言われても、にこにこ笑って聞いているしかないではないか。

「サムライの集団が、任侠の無頼どものようなふるまい。あってはならぬことです」

「はあ」

「そこでわたしは、同じ北辰一刀流出身の藤堂に、江戸に響いた同門の士、伊東甲子太郎先生にご加盟いただくよう口説いてくれと頼んだわけなのです。わたしも藤堂も伊東先生も一刀流の名門、千葉道場の出身だ」

「ほう」

「わたしはね、古畑さん。伊東先生を中心に、新撰組を立て直すつもりです。本来、あるべき姿に」

「本来の姿、とは」

「これ、すなわち、筋目正しく、端正なる勤皇の本道にござる」

山南は自信満々に、言った。

その言わんとするところは、天皇を中心にした親政構想を支持するということであろう。江戸の千葉道場など北辰一刀流の著名道場の出身者は、おしなべてこの構想の支持者であった。

手志朗も、一刀流だ。

筋目は正しい。

だからあなたも仲間だと、山南は言いたかったのであろう。

しかし手志朗は、うれしい気持ちにはならなかった。

そこには、手志朗なりの憂国がある。

山南が水戸派ということであればその心情は、大和魂を貴ぶ尊皇攘夷ということになるのであろう。親政構想の支持者たちの多くはかつての攘夷派であり、今なお西洋臭がするものへの嫌悪感を捨てきっていない。

頭のいい山南に言わせれば、情勢は変わっている、今やそうとは限らないということになるのかもしれないが、ざっくりと水戸派は外国嫌いなのだ。

いっぽうで手志朗は洋学者である。

父は洋学者でありながら政治家であり、清濁併せ呑む性格だったが、手志朗は純粋な学究であり、海外諸国を敵視する一派とは相いれないところがあった。

（これからは、洋学――）

その思いは、捨てられぬ。

攘夷派は白人を紅毛鬼と悪しざまに言うが、英人も仏人も〈ろこもてぃぶ〉で移動し、〈ほとぐらふ〉で自らの姿を記録し、後込め式の銃よりも最新の〈がとりんぐ銃〉で武装している。より正確な太陽暦を駆使し、より正確な測量術を持っている。

七つの海を乗り越え、大砲にて空を制し、大勢の奴隷を使って効率的な〈しすてむ〉を構築し、この国に到達し、巨万の富を生んでいる。

あの巨大な力に対抗するには、大和魂だけではどうしようもない気がする。

一刻も早く開国し、国の仕組みを洋式化する――しかしそれを公言するのは憚られた。言葉尻をとらえられ、危険思想と取られるおそれがあったからだ。

手志朗は、口をつぐんだ。

ただ、心のうちにこう思う。

（みな、もう少し余裕をもって時勢を見てはいかがか――どいつもこいつも頭に血がのぼり過ぎじゃ）

手志朗のごとき学究を文弱だと笑う前に、肩の力をぬき、もそっと冷静にこの世界を眺めてはどうなのか。

そう思うのだ。

山南敬助の言うことも正しい。

正しいがそれは、薩摩藩のような、または水戸藩のような、新撰組を作りたいということに他ならないではないか。

「……むう」

手志朗は唸るのみで、反論をしない。

山南敬助は上機嫌になって、続けた。

「古畑殿。貴殿にはおわかりと思う。貴殿も故あって加盟したる士《もの》。いずれ新撰組の未来を語り合いたい。今度、伊東先生との宴席を用意しよう。なに、わたしにも島原には馴染みの妓がいます。その場がよろしかろう」

山南は、どうやら手志朗を、近藤、土方という無頼の一派に対抗する派閥に引き込もうとしているらしかった。

それはさしずめ、手志朗が会津藩の上士の一団とつながっているからであろう。

そしてまた、一刀流という流派を修めた由緒正しいサムライであるからでもあろう。

それはわかる。

しかし、それがわかると、手志朗は妙に気が重くなった。

確かに手志朗は会津松平家配下の上士であり、藩論の中心にある奉行添役の神保修理《じんぼしゅり》や軍事取締の山本覚馬も幼い頃から知っている。

しかし、彼らと心を許した仲というわけではない。

手志朗と仲がよかったのはむしろ、ナス顔の松永忠吉のような、〈ひょうげた〉仲間だった。

冗談が好きで、浮世離れした、遊び仲間たちだった。

化学が好きで、地理が好きで、学問が好きだった。

だから、藩の政事を担い、京都の政界をも動かそうという頭に血がのぼった連中とは相容れず、軽んじられていた。

学問の場であれば、いかようにも議を弄する自信はあったが、政事の場に出ると、どうふるまっていいのか、まったくわからなくなってしまう。

嫌だな、と思った。

それが顔に出たのか、山南は大いに笑った。

「いや、なにも心配ござらん。いずれも憂国の士であります。御父上の仇の件も、今よりは探索がはかどるでありましょう」

「ありがたいことです」

手志朗は当たりさわりのない返事をした。

その間も、件の下女は、ふたりに酌をし、皿を出し入れして、かいがいしく働いている。

手が空けば部屋の外の廊下におとなしく座って、じっと控えていた。

やがて山南が上機嫌で部屋を去ると、ぐったりと気疲れしている手志朗のために、てきぱきと床を取る。

酔いが回ったのか、床の上にどっかと座った手志朗を見て、彼女は言った。

「古畑さま」

そして、間近に立って、額に手をあて、じいっと手志朗の顔を見つめた。

「だいぶお過ごしのようどすえ」

大きな瞳。

小ぶりだが通った鼻筋。

強く引き締まった口元。

美人ではないが、少年のようなキリリとした顔つきが行燈《あんどん》の灯りに陰影深く浮かび上がっている。

ふいに、良い匂いがした。

手志朗は思わず、その細い腕をつかんで、引き寄せた。

すると、下女は、優しい目をして、小さく頷く。

厳しい口元には、微笑みさえ浮かべている。

何やら良い匂いがするのは、におい袋であろうか。

（誘っているのか——）

酔いの奥底で、手志朗は思った。

黒ぐろとした目が、やさしげに手志朗の顔を見あげている。

一瞬、手志朗の心にためらいが浮かんだが、同時に、上士が下女に手を出すことの、どこが悪いというのだという開き直りに似た気持ちが激しく湧き上がってきた。

「おてまえ、名前は」

手志朗は、痰がからんだような声で聞いた。

「いと、と申します」

いとは痩せた体を手志朗に押し付ける。

意外に量感のある胸が、手志朗の脳髄を麻痺させた。

そのまま、手志朗は、夢中で彼女を抱いた。

酔っているのか、夢を見ていたのか。

手志朗の腕に抱かれ、小さなあえぎ声をあげながら、いとはつぶやくように言った。

「ここは、恐ろしいところ。……怖いところです」

じりりと油が焼ける音がした。


翌朝起きると、臥所《ふしど》にいとの姿はなかった。

井戸端に出て水を浴び、茫然と空を見上げた。

すると井戸端に、彼女がいつも持っているサツキの花を染め抜いた白い手ぬぐいが干してあった。ああ、確かにあの女は、ここで顔を洗ったのだ。

そう思うと、なんとなくほっとした気持ちになった。

壬生の冬空は、どこまでも高く、絹雲が朝のひかりに照らされ、陰影濃く広がっている。

その空は、昨日までと少し違って見えた。

毒気が抜けた感じだ。

すると道場のほうから、ぱんぱんという威勢のよい竹刀《しない》の音が聞こえる。

誰だろう。

近藤の天然理心流は、もっぱら稽古に木刀を使うが、北辰一刀流は竹刀を使う。

ふらふらと道場を覗くと、小柄な剣士が、ぱんぱんと、小気味よい切り返しをしている。

足元軽く飛び回り、ぴしぴしと切っ先三寸で的を撃っていた。

見ていて気分がよくなるような剣であった。

珍しく、面小手をしているので表情が見えない。

ぼうっと見ていると。

その剣士はふりかえって、

「古畑さん」

と笑った。

快活な、カン高い声——藤堂平助だった。

手志朗は、あわてた声で言った。

「朝から、ご精が出ますな」

「いえ。昨夜は宴席でしたからな。酒抜きです」

藤堂はそういうと、手志朗の横に静かに正座し、折り目正しく小手を脱ぎ、その上に面を置いて、手拭いをかけた。

見ていてすがすがしい態度だった。

竹刀・面・小手といった防具は、一刀流で考案されたものだという。

「古畑さんには、ご苦労かけますな」

藤堂は言った。

頭から、湯気が立っている。

「いえ、藤堂さんこそ、お気を使わせて」

「そんなことありません。わたしは、お役目を果したるまでのこと」

藤堂は目をきらきらと光らせ、言った。

手志朗は聞く。

「竹刀での稽古もされるのですね」

「はい、もちろんです。近藤先生の天然理心流は太木刀による立ち斬りを重視するのですが、わたしは一刀流ですから、竹刀を使います。まあ、この新撰組はそもそも、流派はあまりこだわらない。近藤先生はなかなか研究熱心でしてな。二番隊隊長の永倉《ながくら》さんからは神道無念流を、わたしからは一刀流の話を聞き、積極的に取り入れます。先生は実践的だ。武士にありがちな頑なな思い込みというものがない」

藤堂は、意外なことを言った。

伊東、山南、藤堂は、同じ一刀流ゆえ親密であって、天然理心流の近藤、土方とは遠いと思い込んでいた。

「意外ですな——理心流と一刀流は相いれないかと思っていました」

素直にそう言うと。

「いやいや、そんなことはありません。そもそもわれわれは、江戸で知り合った剣友でしてな。

分け隔てのない仲間です」

と、藤堂は笑った。

「そもそも、身分もない、立場もばらばら、みな次男坊で金もない。若いゆえに暇を持て余して、近藤先生の道場でたむろしていた仲間ですよ」

あまりにあっけらかんとした率直な物言いに、手志朗は驚いた。

「ときに喧嘩もするが、まあ、兄弟喧嘩のようなもの」

「はあ」

「これはね、古畑さん。すべては縁だと思うのです。この不思議な縁の中でやるべきことをやる。この剣をもって自らの責めを果たすのみ。近藤さん、土方さんが頑張っているのを、少しでも手伝おうという、まあ、それだけです——失礼」

そう言って去っていく藤堂の後姿を見ながら。

手志朗は首をひねっていた。

(本当だろうか——山南さんは、藤堂さんを信じ切っているようだが……)

ここでは、誰も本当のことを言っていないような気がする。

しかし、どこかで、何かが動いていることは確かだ。

それは、自分が知らないところで起きていることなのだ。

なんだろう。

動けば動くほど。

考えれば考えるほど。

張り巡らされた蜘蛛の糸に絡め取られていくようだ。

【五】 手志朗、御役目を果たす

手志朗が清水産寧坂《さんねいざか》の茶屋で、会津藩の山本覚馬、松永忠吉と会ったのは霜月も終わろうかという頃であった。

手志朗はあれから、表番、裏番と、数度にわたり市中の巡邏に出ていた。

勇猛な八番隊の仲間に必死についていっては、刀を抜いて不逞浪士の取り締まりを行う——毎回、緊張につぐ緊張を強いられ、息をつく暇もない。

毎日必死であった。

心の余裕も持てず、黒谷に手紙一つ書いていなかった。

気が付くとひと月の時が過ぎようとしており、しびれを切らした御藩から首尾を報告せよと呼び出しの手紙が来たのだ。

冬の寒さが本格的に訪れた、陽《ひ》の弱い昼下がりであった。

「ひさしぶりだな」

と山本覚馬は、火鉢で手をあぶりながら、言った。

この男は、ますます周旋家になっていくようだった。

単なる砲術師範にあきたらず、殿に軍制改革の提言をしたり、洋学所を開設しようとしたり、京における雄藩との交渉窓口になったりと、たいへんな活躍ぶりだという。

いくらか顔つきも鋭く、凄みを帯びてきた。

その山本が手志朗を見るなり、

「古畑。わずかな間に、変わったな」

と言った。

手志朗に自覚はない。

「む。そうでござるか」

あわてて顔をなでると、

「力強くなり申した。いや、心強し」

満足げに、山本は言う。

そうだろうか。

「何かあったか」

「ふむ……心当たりというほどではありませぬが、わずかな間に、実戦に及ぶこと数度。浪士も斬りたれば」

「ひえー！」

忠吉が、素っ頓狂な声をあげる。

「手志朗さんが、不逞浪士と斬りあいを！」

忠吉は、目を剝いて手志朗をなめまわすように見た。

「虫も殺せぬ学者だったではないか」

「お役目ゆえ」

「なんと」

「うむ、うむ。サムライたれば、かくあるべし。古畑、あっぱれだぞ」

山本は目じりをさげる。

そういわれれば多少はふてぶてしくなったのかもしれない。緊張につぐ緊張の中、荒々しいお役目についている。死にたくないから朝夕の稽古も欠かしていない。猛者《もさ》どもと一緒にいれば、嫌でも言動は荒くなる。

「さて、手志朗。今日、貴様を呼び出したのは他でもない。どうだ、新撰組は？　格別の動きはあるか？　様子を聞きたい」

山本は懐手しながら聞いた。

手志朗は、くびをひねりながら答える。

「む――わたしの立場では、幹部連の動きはわかりかねますな。通常の我々平隊士の活動は、市中巡邏と不逞浪士斬りが中心です」

「ふうむ。土方歳三はどうだろう？」

「土方は、毎日のように朝稽古には出てきますが、昼間の執務中に何をしているのかはまったくわかりません。巡邏も特別な時にしか出てこないで、他の幹部まかせです」

「まずまず」

まずまず、とは、なるほどねえ、とか、そうかい、とかいう意味の会津弁である。

そこへ熱く燗をされた酒が運ばれてきた。

京の茶屋というのは、間口が狭く、奥に深い。

そこに離れや個室がしつらえられており、そこでは酒を出した。

ただの茶屋ではなく、政事、商売ごとの密会に使われることが多かったからだ。

三人は、熱い酒を酌み交わしつつ、話した。

不思議と、その酒は、味がしなかった。

新撰組で飲む酒は、もっと強く芳醇だったし、さらに厳しい緊張感の中で口に運んでいたから、味も辛く感じた。

なぜ味がしないのだろう。

そのとき、手志朗は、わずかの間に、自分が変わったからではないかと思った。

新撰組にいれば、酒も変わる。

自分も、変わる。

どう変わったかは、うまく言葉にできない。

「律儀な近藤は、月に二、三度は殿へ報告に来る。おもな活動、打ち取りたる浪士の数、これからの眼目などを相談にな。その場に、土方が同伴することもあれば、来ないこともある」

「なるほど」

「ここ数回、土方は来ておらぬ」

「ふうむ」

「――実は、不可解な噂をきいてのう」

「不可解？」

「土方が、洛中の商家にて、金策をしているというのだ」

「なんと」

「また、複数の寺社に赴き、寄進を強要しているという話もある」

「それは」

手志朗は眉根をひそめたが、土方ならありそうだと思った。

誠実一本やりの近藤に比べ、土方は神仏を遠慮するような雰囲気には見えない。

元もと商売人であるとも聞いたし、銭にも聡い印象があった。

そもそもが、あるところから取っちまおう、という不良少年のような面魂の男である。

ただ、それは危険だとも思った。

京の商家寺社と対立して、生き残った武家はない。

表面化すれば、会津も困るだろう。

「さらに困ったことに、土方は薩摩とも険悪らしい。まあ、あのように態度の悪い男ゆえ、しかたのないところもあるかとは思うが、わしとしては困る。今わしは、薩摩との交渉役となっておる。酒席で薩摩から愚痴を聞かされることも多い。関係を悪化させたくないのだ」

薩摩と会津は、禁門の変で長州追討に共闘したことにより親密になっていた。

しかしその関係は常に微妙だ。

手志朗は腕を組み、しばらく考えたあと、こういった。

「承知——何かあれば、わたしからも黒谷の本陣にお知らせ申す」

「たのむ」

山本は頭をさげた。

(おそらく)

山本は最初からそのつもりで手志朗を新撰組に潜り込ませたのであろうな、と思う。

新撰組は京都守護職の支配下にありながら、何をしでかすかまったくわからない。

そして山本は、この混乱期において、ひと旗でもふた旗でもあげてやろうという野心家である。

悪い意味ではない。

男ならば、そうあるべきだ。

手志朗は酒を口に含み、言った。

「土方は、危険ですな」

「わしも同様の見立てだ――」

山本も頷く。

「林権助《はやしごんすけ》殿や神保内蔵助《くらのすけ》殿など、先の長州との戦役に出たものは、おしなべて土方の武辺を高く評価しておられるようだ。しかし、わしには、どうにも危険だと思えてならぬのだ」

「同意でござる」

武闘派の土方を好きではない手志朗にとっても、山本のこの言葉は心強かった。

「つなぎの方法をどうしようか」

「いざとなれば下男を走らせますが、こみいったところは伝えにくいなあ。文を書けば証拠が残るし」

「この松永忠吉を差し向ける」

山本は言う。

「しばしばふたりで会って、意見交換するがよい」

「願ってもないこと」

忠吉を見ると、いたずらっぽく笑って片目をつむってみせた。

うれしそうだ。

忠吉のことだ。

待ち合わせる場所を、祇園か島原に指定して、さんざん遊ぼうというのだろう。

手志朗は、内心笑いながら、顔を引き締めて、低い声で言った。

「承知」

「うむ、うむ」

山本は満足げに、何度も頷き、言った。

「古畑。貴様に新撰組を勧めてよかった。どうやら水が合っているようだ」

手志朗は、思わず酒を噴き出した。

「と、とんでもございませぬ」

「そうか？　貴様の男ぶり、わずかの間に様変わりしておる。実戦に鍛えられ、会津武士らしくなってきおった」

「そんなわけはありませぬ」

「御藩にいた頃の、軽挙妄動が見えず、言葉にも重みが出てきたぞ」

「やめてくだされ」

手志朗は、この際この男には伝えておかねばならないと思った。いざというときに御藩の幹部と自分をつないでくれるのは、この山本覚馬に違いない。

上の立場のものに言うには出過ぎた言葉であるが、酒も出ている場ゆえ、構うまい。

「覚馬さん、わたしは、一刻も早く御家に戻りたいと思っておるのです」

「そうなのか？」

「いかにも。新撰組は、御家とはなにもかもが異なり申す」

「なにもかも、か」

手志朗は真剣だった。

「サムライとしての心得、ふるまい、志、身分、出身、着物や刀の好み——すべて異なります」

「ふうむ」

「ともかく気味の悪い、居心地のよくないところでござる。早く、仇討ちを果たして帰参したい」

「そうか……」

山本は複雑な顔をして酒を口に含む。

横から、忠吉が聞く。

「手志朗さん、そのほうは、どうじゃい？」

口にもぐもぐ頬張っているのは、何やら餅らしい。

「うむ。非番の日に堀川あたりを歩いてみた。隊の新参隊士たちが事情を知って一緒に探索してくれてもいるのだが、驚くほど手掛かりがない」

「ほうか。不思議じゃのー。御藩でも、佐川さまは諦めきれずに、四条堀川あたりを洗っているようじゃゾイ。それでもまったく手掛かりが出ない。こんなことがあるかと佐川さまが吠えておった」

「ふうむ——」

「もしかしたら、行きずりの不逞浪士に斬られたのではなく、計画的にやられたのかもしれぬと、佐川さまが言っておったワイ」

手志朗と忠吉が話すのを、山本は黙り込んで、眉間《みけん》にしわを寄せて聞いていた。

唇を触りながら考えこむようにして、やがて低い声でこう言った。

「うむ……。そうか。ようわかった。先生が四条堀川で遭難されたのは間違いないが、別の筋からさぐりを入れることも必要かもしれぬ。先生はもともとは江戸の五月塾で洋学を学ばれた佐久《さく》間象山《ましょうざん》先生の門下生――。その筋から下手人をさぐれぬものか。五月塾の洋学者はわしにもつてがある。なにか探ることはできないか考えよう。家老の神保さま、奉行の林さまとも話をする」

「助かります――」

手志朗は山本に頭をさげた。

「しかし、しばらくは新撰組にあって、わが耳となってくれ。わかるな」

「もとより承知」

堂々と答える手志朗。

山本はその頼りがいある態度に、再び嘆息する。

「うむ。心強し。貴様は変わった」

酒をあおり。

「良いほうに変わった」

それを聞いて複雑な表情を浮かべる手志朗に、忠吉が、からかうように水を差した。

「覚馬さん。手志朗さんが変わったとすれば、それは仕事のせいなどではあるまいゾイ。わたしは幼馴染ですからナイ。その性格はよく知っておるわい。そもそも世を斜めに見る人だ」

「そんなことあるまい」

「いや、間違いないゾイ。手志朗さんが変わったのは、そうじゃな――、きっと、女のせいではあるまいか」

「ええ？」

「そうじゃ。そうじゃ。きっとそうじゃ」

忠吉は嬉しそうにぴしゃぴしゃと膝を叩く。

「手志朗さんは、仕事などで変わるおひとではない。女じゃ。きっと女ができたのだ」

「ははは、そうなのか？」

山本も忠吉の戯言《ざれごと》に笑いを含んで、くびをかしげる。

忠吉は興奮気味に続けた。

「美女と美酒にふれておれば、男子おのずと変わるものでござる。なあ、手志朗さん、なじみの女ができたのであろ？　そうであろう？」

手志朗はどきり、とした。

（なんと言ってよいやら？）

困った顔の手志朗に、忠吉は言った。

「島原へ行ったであろう？」

「た、確かに」

答えざるをえない。

確かに手志朗は、何度か、山南に連れられ島原の楼閣へ行っていた。伊東や他の幹部も一緒であった。

山南の馴染みである輪違《わちがい》屋の明里《あけさと》という妓が供応をしてくれたが、それは洗練された、ちょっと驚くほどの美女であった。

「ずるい！　ずるいぞ、手志朗さん。わしも行きたいわい」

「お役目だよ。他の幹部どもも一緒だ――そんなにうらやましがることでもあるまい」

手志朗は、言った。

たしかに島原の芸妓たちは美しかった。

京らしい柔らかい立ち居振る舞い、清らかな白粉の香り、切れ長の流し目、美酒をふるまう蠱惑的な受け口。

しかし、なぜか手志朗は、そんな遊郭の美妓たちが魅力的だとは思わなかった。

正直言えば、ずっと屯所の井戸端で洗濯をしている、いとのほうが魅力的に思えてならないのだった。

あの夜が、あったからかもしれない。

しかし、あれから、一度たりとも、いとふたりきりになる機会は持てずにいる。

(あれは、なんだったのだろうか)

忙しく走り回りながら、手志朗は、考える。

たかが下女である。

捨てておけばよい。

しかし気になる。

歴としたサムライが、下女に手をつけるなど、何ごとでもあるまい。それなのに、なぜ胸が騒ぐのか。

(ああ、どうしたことだ)

手志朗は思った。

（他の隊士どもは堂々と、臆面もなく夜の街で美女を抱いておるに――なぜわたしは、あのような下女相手に、もたもたとしておるのか）

そのようなことを考えて、日々を悶々と過ごしていた。

（いとは、化粧などしておらぬ。炊事、洗濯に、掃除にと忙しく、ひび割れた手をしておる――それでも、いとの、その手がかわいらしいではないか）

手志朗は、密かにそんなことを考えては、立ち働く彼女を、騒がしい屯所の片隅から遠く見ていたのだ。

「新撰組は、島原では、モテるであろう？」

忠吉に言われて、手志朗ははっとした。

舌をもつらせて、答える。

「うむ、モテるな」

「ええのう――なぜわしを呼ばぬ？」

「呼べるわけがなかろう」

「友達たれば、気を遣え」

「うるさいなあ」

「で、モテたんか？」

「モテんわ。わたしは不調法じゃ。幹部連中はみな、太夫やら天神やらを落籍《ひか》せて妾宅に囲っておるがのう」

「ええのう、ええのう」

そんなふたりを、山本覚馬は苦笑して見つめていたが、やがて真顔で言った。

「まあ、せいぜい励め。女はよい。適当にやれ。それによって鍛えられることもある。男ゆえ、な」

山本は、会津藩士としては、多少砕けたところもある。

若いうちから江戸に出て他藩の若者と交流したせいだろう。

「京の世論は夜の街にて作られる。われわれが京から駆逐した長州が、今でも民に人気があるのは、彼らが街で夜な夜な遊びの金を使ったからだ。また新撰組が人気なのも同様。彼らは夜の街で、湯水のように金をばらまいて遊ぶ。その金が京のひとびとを潤す」

「なるほど」

「ところが、わが藩のものどもは謹厳実直一本やりで評判が悪い。黒谷の森で忠義がなんだ正義がなんだと議論ばかりしておる。公家や幕府の覚えはよかれど、町民どもの人気は一向に上がらない。本来、わが藩にも、それぐらいのしたたかさがあってよいはずなのだ」

「しかし、覚馬さん」

ぐっと盃を飲み干しながら、手志朗は言った。

「御家中のものどもが、そうなってしまったら、さびしい気もしますな」

「む」

「会津の藩士は、朴念仁《ぼくねんじん》。マジメ一本やりの忠義のサムライで、遊びには、不器用。それが、会津の良さである気がします」

それを聞いて、山本覚馬は、瞠目した。

「なんと」

忠吉が言う。

「やっぱり、変わったなし、手志朗さん」

忠吉は泣きそうな顔で、体をよじらす。

「以前の手志朗さんは、そんなこと言わんかったゾイ」

「いや、御藩を出て、わが会津の良さを改めて痛感したる次第」

「うむ、うむ」

山本覚馬は、満足げに頷く。

「そうだ。そうだな。われら会津は、それでよい。その通りだな、手志朗」

「そうかのう。やっぱり、わしは、島原には行ってみたいはぁ」

「はっはっは。忠吉らしい」

「いかにも」

山本は笑い、場を納めるように言った。

「ともかく、わが会津をとりまく政情は、不安定で油断がならぬ。何かが起きるときはいつも急だ。ふだんの準備が肝要。わしも、親藩外様区別せず、さまざまな立場のものどもと会っては時勢の把握につとめておるが、その動きは微妙にて、薄氷を踏むような思いだ。これから定期的にこの忠吉を差し向ける故、どのような些細な動きも知らせてほしい」

「承知」

「とくに土方の動きが知りたい。奴が、新撰組を束ねる扇の要だ」

「得心いたした」

手志朗は口元を引き締めて答えた。

「まあ、わしとしては、ふたりがどこで会って遊ぼうが、一向に構わぬ。ただし御家に迷惑をかけるなよ。藩のうちには、なかなかうるさ型もおるでなあ」

山本は、ははは、と豪快に笑い、ふたりの肩をバンバンと叩いた。

手志朗はふたりと別れると、すぐに屯所に帰らず、清水寺のほうへ向かった。

気晴らしに、少し歩き回りたいと思っていた。

子供の頃から高台に立って町を見下ろすのが好きだった。故郷会津の城下町郊外、飯盛山の上に立つと会津の盆地が一望できた。その爽快さはたとえようがない。

新撰組に入る前は、よくお役目を抜け出して高台に出たものだ。父が殺された日も、祇園の町を見下ろす高台にいた。

清水寺に登る途中にちょうど、町を見下ろせる踊り場のような場所がある。

手志朗は思った。

(ひさしぶりに、あそこに行ってみよう)

昔なじみのふたりに会って、気が晴れたのか、いつになく手志朗はのびやかな気分で、坂道を歩いていく。

清水の町は、参拝の客や、商用で行きかうひとびとで混みあっていた。

そのときだ。

人ごみの中に、見知った顔を見た。

粗末な縞木綿の小袖に汚れた前掛けをかけて、両手に大きな風呂敷を抱え、足早に歩いている、小柄な女――いと、であった。

なぜこんなところに。

手志朗は驚いた。

周囲に、新撰組隊士らしきものはいないようだ。

手志朗は背後から、

「いと!」

と声をかけた。

いとはビクリと振り向くと、おびえたような顔をした。

「ふ、古畑さま」

「偶然じゃのう。清水になんの用じゃ」

「へ、へえ。お使いを頼まれまして――」

「ふうむ。今からか?」

「いえ――もう、終わりましてん」

そう言ったいとの顔が、手志朗にはどこか輝いて見えた。

急いで坂を登ってきたのか、頬が赤く染まってみずみずしく上気している。

下女なりの粗末な木綿を着ているが、決して垢じみていない。さっぱりと香るように清潔だ。

いとは、大きなくりくりした目で、まっすぐに手志朗を見あげるようにした。

なんと澄んだ目であろう。

つんととがった小ぶりの鼻の輝きはどうだ。

(屯所のものどもは、なぜこれに気が付かないのか)

手志朗は思った。

あの夜から、もう何日も経っている。

ずっとふたりで会いたいと思っていたが、いつも会えずにいた。

この偶然は、天の配剤ではあるまいか。

なんとか話をしたい。

しかし、何を話したらいいのか。

「は、腹は減っておらぬか」

とっさに出たのは、そんな言葉だった。

親戚のオジサンのような言葉だ。

手志朗は内心恥じたが、言ってしまってはもう戻れない。

「少し、付き合え」

手志朗は多少強引に、松原《まつばら》通から入った裏路地にある小さな甘味屋に、いとを連れて行った。

ずっと昔に藩の公用で使ったことがある。名を〈しる幸〉といった。

いとは、おどおど戸惑いながらも、手志朗のうしろをついてくる。

門前に小さな行燈を出して、香を焚きしめた、上品なのれんを見て、いとは叫ぶように言った。

「あきまへん！」

「なにがだ」

「こ、こないな、上品なお店」

「ははは、何を言うのだ」

「うちのような身分のものが来るような場所ではありまへん――あきまへん！」

汚れた風呂敷包みを抱えたまま、いとは大声で言う。

「そんな大声を出すな」

手志朗は言った。

「わたしが連れて入るのだ。なんの遠慮があろうか」

言いながら、手志朗は新鮮な気持ちになっていた。

山南や藤堂らに連れて行かれる夜の街で出会う女どもは、こんなことは言わない。男どもに金を積まれるのが当然だと思っているし、自分の美しさを誇るようなところがある。

なんと可愛いのだろう。

「うちは下女ですよって。こないな店に出入りをしたことがわかれば、お叱りを受けます――」

「誰に？」

「前川の奥様。山南先生や、それに、あの、土方先生に――」

「なんの構わぬ。誰にも言わぬし、いざとなればわたしが責任を取るわ。おいで」

手志朗は、無理やりいとの手を引いて〈しる幸〉に入ってしまった。

店のほうでは、いきなり立派な身なりのサムライが、粗末な格好をした下女を連れて入ってきたので、驚いた様子だった。

しかしそこは京の店である。

何も言わず、つかみどころのない京ことばで、ふわふわと応対し、ふたりを招き入れる。

「申し訳ございまへん。守護職さまのお達しゆえに、お腰のもんを預からせてもらいますえ――」

玄関先でそう言われて預けた刀を掛ける棚に、三、四の刀が載っている。みな、立派な拵えの刀だ。おや。会津拵えの刀もあるようだ。誰だろうか――？

店のほうは慣れたものだ。

ふたりをずんずんと奥の間に招き入れた。

この店も、さきほどの茶屋と同じような造りである。

細長い造りで、離れがたくさんある。

いとは、奥の間に汁粉を運んできた女中に、申し訳ないほどに頭をさげた。

落ち着かない、慌てたような態度で、何度も、

「こないな汚い服で恥ずかしい」

と繰り返した。

「気にしなくてよい。わたしがいる。それに、まるで風呂に入ったかのようなキレイな顔ではないか」

手志朗は言った。

「気にせず、食べよ」

促されていとは、そっと汁粉に口をつけ、黙ってしまった。

「――――」

「どうした」

「こんな美味しいもん。生まれて初めて食べた気がする」

その目がうるんでいる。

そんないとの横顔を見ていると、手志朗は、胸の奥底がぎゅっとつかまれるような気持になった。

舌のとろけるような馳走を食べ慣れた気位の高い芸妓よりも、ちょっとした汁粉に喜ぶいとのほうが、ずっといとおしい。小柄なこの肩の細さはどうだろう。この儚げな少女を、守ってやらなくてなんの男か――素直にそう思った。

いとは、椀をかかえるようにして、おいしい、おいしい、と汁粉を食べる。

「いと」

「へえ」

「話したかった」

「…………」

いとは思わず黙り、下を向いてしまう。

「あれきり、ふたりきりになる機会がなかったからな。語るべきことが、たくさんある気がしてたまらなかったのに」

手志朗は、言いながら赤くなった。

下手な口説き文句だと思った。

なんと野暮なのだろう。

他の新撰組隊士であれば、見染めた女のひとりやふたり、横っ面をひっぱたいて我がものにしてしまうのであろう。

しかし、自分はそうしたくない。

このような小さなものを、力で踏みつぶすようなまねは、したくなかった。

(それに、わたしは知りたいのだ――)

あの夜以来、屯所で顔をあわせると、思わせぶりに視線をくれたり、廊下ですれ違う時、袖が触れ合うといったことがあった。その真意も知りたかった。

あれは、気のせいだったのか。

自分がおなごに不慣れゆえ、思い過しをしただけなのか?

「すんまへん」

「な？」

「すんまへん、古畑さま」

「なにがだ」

「きっと、お怒りでしょう」

いとは顔をあげない。

「うちは、親に捨てられた、要《い》らん子や。せいぜい土方先生のお情けで、屯所で下働きさせていただいております。それがあのような出すぎた真似を」

「なんだ、出すぎた真似などではないぞ」

「いえ」

手志朗はじっといとを見つめた。

いとは下を向いて、言葉を発しない。

「…………」

「…………」

すると。

店のどこからか、女の嬌声が聞こえた——ような気がした。

そのとき、あることに気が付いて、手志朗の顔に血が上った。

（あ——しまった）

このような甘味屋は、喫茶をさせたり、政事や商売の密談に使われるだけではなく、男女の密会にも使われることがある。

その襖の向こうには、布団が敷かれているのかもしれない。

店のものの、あの態度。

われらふたりの様子を見て、そういった部屋に案内したのかもしれない。

(しまった。もしそうなら、図らずとはいえ、なんと大胆なことをしてしまったのか)

手志朗の体にじっとり汗が浮かんだ。

(いとが嫌がったのは、このせいだったのかもしれぬ。サムライが、その身分をカサにきて、身分の低いおなごを手籠めにせんとしたと思われては、会津武士の名折れ)

すると、いとが震えるような声で言った。

「古畑さまだけ」

「む?」

「古畑さまだけですえ。殺されはったおサムライはんの隊服を洗っている下女なんぞにお心をおかけくだはったんは。そのとき、あ、この人は他の隊士はんと違う、思いましてん」

顔をあげて、じっと手志朗を見る。

「斬った張ったが当たり前の新撰組で、古畑さまだけが、うちに気が付いてくれはった」

真っ黒な瞳をまっすぐに、いとは手志朗を見た。

小さな鼻のあたまがつん、ととがっている。

わずかに開いた唇。

「いと――」

のどが、からからに渇いた。

手志朗は、たまらない気持ちになる。

思わず、ひざを進めようとすると、

「ダメ」

と言う。

「今日は、ダメや」

「なぜだ」

「お使いで帰りが遅れると、お叱りが」

「なにをそんな」

「山南先生に叱られます」

「う」

時も八つ。

とおく東山の鐘が聞こえた。

「そ、それもそうか」

いとは、山南付きの下女である。

山南がその帰りを待っているかもしれぬのだ。

「古畑さまも、なんぞ用事があったのでしょう？」

「いや、大した用事ではない」

「ほんで、こないな遠くまで？」

「いや、なに。会津の本藩の友人と会っていたのよ」

「まあ……」

「わかった、帰ろう。日暮れまでに帰らねばまたいろいろ言われるゆえ」

手志朗自身も、すこしほっとした気持ちで、そんなことを言った。

ふたりはその日、東山から屯所までの長い道のりを、かごも使わずに歩いて帰った。

だんだん陽がおちて、ゆっくりと暗くなっていく街並み。

町屋の間から、西山の緩やかな曲線が見える。

美しかった。

「会津の友に、気をつけろと言われたわ」

「なにを、どすか？」

「新撰組に入って男ぶりがあがったのは、おなごのせいだともからかわれた――女に気をつけろとな」

「まあ」

「しかし、わたしは遊郭のキレイどころは苦手じゃ」

「…………」

「いと。またふたりで会ってほしい」

「古畑さま」

いとは手志朗の問いかけに答えず、はぐらかすように、こういった。

「バレへんように、できますやろか」

「え？」

「こないなところで、ふたりで話をさせてもろとること――」

「も、もちろんだ」

「新撰組はね、ほんに、恐ろしいところ。怖いところどすえ」

「いと」

「少しのことで、何が起こるかわからへん」

「うむ――」

「毎日のように誰かが騙される。騙されたものは殺される。それにみんな慣れてしまって、恐ろしいとも、悲しいとも思わへん。でも、うちは」

「いとは？」

「誰かが殺されるたびに、胸が引き裂かれそう――恐ろしくて、たまらへん」

その表情は変わらない。

そっとうつむき気味に、夕闇迫る仏光寺《ぶっこうじ》通を見つめている。

細い首筋のうなじに、手志朗は見とれた。

いとは、言った。

「うちは、要らん子や。他に生きかたがわからないよって、ここにおるしかない。でも、おサムライはんたちは違うですやろ。みな、隙があったら、逃げはったらええのに。殺される前に。遠くへ、遠くへ。逃げはったらええのに――そう思うんどす」


土方から手志朗が呼び出されたのは、それから数日経った頃だった。

暦はすでに、師走《しわす》に入っている。

手志朗が土方の居室に入ると、奥に近藤勇がおり、山南や伊東もいて、副長助勤と呼ばれる幹部たちも揃っていた。

新撰組らしいのは、近藤、伊東は上座に座っているものの、それ以外は、部屋の好きな場所にばらばらに座っているところである。

「古畑君」

土方が言った。

「年も押し迫るおりだが――六番隊・柿崎源七郎《かきざきげんしちろう》は、薩摩の間諜であるということが判明した」

「なんと」

手志朗は、眉根を寄せ、聞いた。

「これは、異なこと。薩摩は御味方ではありませぬのか」

「わが新撰組は、天下のために働けど、薩摩のために働かず。またいずれの藩にせよ、われわれは天下において独立独歩。尽忠報国の志高きわが隊の内情を探ろうという卑怯なふるまいは、新撰組副長として到底許さず」

「土方先生」

「たとえ、御藩でも許しませぬぞ」

土方は、そのきつい三白眼で手志朗をにらんだ。

手志朗は首から下に、どっと汗をかいた。

つい数日前に、山本覚馬に、新撰組の様子を定期的に藩に知らせてくれと言われたばかりなのだ。

「それに、薩摩はどうも信用できん。薩長土はどうも下級武士たち同士でつながっているような気がする」

横から、二番隊長の永倉という背の高い青年将校が口を添えた。

「それゆえ幹部一同、協議のうえ、柿崎には腹を切ってもらうこととした」

「罪名は？」

「士道不覚悟」

むちゃくちゃだ、と手志朗は思った。

罪状というほどの罪状ではない。

幹部の気分次第で、誰もが士道不覚悟になってしまう。

（相手は薩摩だ――もうすこし、慎重にふるまってはどうか）

手志朗は思った。

薩摩ほどの雄藩の取り扱いは、会津や禁裏ですらうまく運べず、四苦八苦しているではないか。

各藩への根回しはできているのか？

戦争になったらどうするのか。

軽挙に過ぎる。

その戸惑いが顔に出たのだろう。

近藤が口添えする。

「いや、土方君。これは、古畑君には率直に伝えたほうがよろしい」

土方は、ため息をつき、頷く。

「どうぞ」

近藤が、かわって言った。

「古畑君。実はこのこと、会津公と談合のうえ決めたことなのでござる」

「え？」

手志朗は、顔をあげた。

「薩摩の動きが怪しい。ひとつ、揺さぶりをかけてみようということになってのう」

「そんな……」

「まあ、経緯はよい」

土方は言う。

「いずれにしても、名誉な役目である」

「はあ」

「副長として命じる。古畑手志朗直実君、柿崎源七郎を介錯せよ。もし、応じざるときは、手打ちにしてよろしい」

呆然としている手志朗に、藤堂が声をかけた。

「大丈夫ですよ。いざとなれば、わたしが助太刀をする。これだけの剣士がそろっているのだ、間違っても仕損じることはあるまい」

どこまでも明るく、さわやかな声だった。

「決行は、今から一刻後」

「え」

手志朗は、顔をあげる。

（い、今から？　早すぎる！）

胃が、ぎゅっと縮みあがるのを感じる。

しかも周囲に座っている幹部連中は、いかにも当たり前という顔をしている。

時間をくれなどと言える雰囲気ではない。

とまどう手志朗に斟酌することもなく、土方は声を張り、一同を見廻すと、こう言った。

「よし、決まった。――おのおの、ぬかりなく」


「あれは、土方さんのやりかたです。会津公のご指示なのだから、会津の縁者である古畑さんを討手にする。万が一、これがもとで薩摩と事を構えることになっても、討手が会津者となれば、新撰組はなんとでも切り抜けられますからな」

八番隊のたまり部屋に戻ると藤堂が説明した。

「ふうむ」

「それに、土方さんはあなたの存在を意識しているようだ。会津への示威もありましょうな」

藤堂はどこまでも明るい。

手志朗は、なるほど、と納得しながらも、正直迷惑きわまりないぞと思った。

こっちは薩摩藩士など、殺したくないのだ。

「わたしは介錯などしたことがない」

手志朗は正直に言った。

「心配いりません。もう殺すことは決まっているのだ。介錯、というのは言葉のあやで、要は斬れということだから簡単です。油断しているときに近づいて、ぶすりとやればいいのだ」

藤堂は落ち着いている。

「あなたは特殊な経緯で加盟した。隊士たちへの面目のためにも、目立つ成果をなるべく多くあげておいたほうがよい。いい機会だ、と考えたほうがよろしいと思います」

広間で隊士たちに囲まれ、慌てた様子で話をしている手志朗を、洗濯しているいとが井戸端から見つめている。

女であるいとには、手志朗に何が起きているのか、到底わからないだろう。しかし、男たちの間で何かが起きていることだけは察知している様子だ。

不安げな表情をしている。

(いと、わたしは、またひとを斬らねばならなくなったよ)

心の裡に、手志朗は語りかけた。

そのことを知ったら、いとはなんと言うであろう。

誰かが騙され殺されるたびに、胸が張り裂けそうだと、いとは言った。

また泣き出さなければよいが。

嫌だな、と思いながら袴の帯を締めなおす。

そんな手志朗を見ながら、山南敬助は、ちょっと視座の違うことを言う。

「むう……、わたしは反対だ。長州、土佐なき今、薩摩は京にあって天下の動静を握る雄藩。ことを構えるよりも手を組んで国家のために奉仕すべきなのだ。土方め、あやつは何を考えておるのか。そもそも、会津肥後守さまに面会しているのは、近藤、土方のみ。肥後守さまに指示されたなどと言っているが、それだって本当かどうか」

「しかし、この場合、しっかり勤めねばなりませんよ。やりきれば、手柄。失敗すれば、切腹ものだ」

藤堂がきっぱりという。

極端なんだよなあ、と手志朗は思った。

成功と失敗の、中間はないものだろうか？

しかし、そうも言ってはおられない。

一騎当千の新撰組の隊士を、この手で殺さねばならないのだ。

しかも、わずかに一刻後にやらねばならぬ。

暗殺ということになれば一瞬で済むが、いざ切腹となったときの、介錯の手順を確認しておかねばならない。

藤堂から急ぎ作法を習いながら、手志朗の心の底に響いていたのはいとの言葉だった。

(逃げはったらええのに。遠くへ、遠くへ。逃げはったらええのに)

そうしたいよ。

一瞬思って、いけない、と思い留まる。

(今このとき弱気になってはいけない。現実を見ろ。到底逃げられぬ。となればやるしかない。気を引き締めろ。仕損じるぞ)

手志朗は、必死で自分に言い聞かせた。

サムライとして育ったものが、逃げて、どこでどう生きていけるというのか。

逃げたとして、今さら藩には戻れない。どこかで飢え死にするのが、つぶしの利かぬ自分の末路に違いない。

両手を見ると、指先が、ふるふると震えていた。

自分は、まだ若い。

やりたいことが、たくさんある。

死ぬわけにはいかないのだ。

粛清のやりかたは、こうであった。

六番隊長の井上源三郎《いのうえげんざぶろう》が柿崎源七郎を呼び出し、罪状を告げ、自決を促す。

本人が自決を受け入れれば、中庭に設けた御白洲に移動して、局長・参謀・総長が臨席のうえ、御切腹。もし本人が少しでも反論し、拒む構えを見せれば、密かに次の間に控えた手志朗が即刻それを討ち果たす。介添えは藤堂であった。

単純であったが、難しい。

柿崎は薩摩示現流の名手であった。

しかも、新撰組隊士は、いかなるときも、刀を手放さない。

こちらが一刀両断されてもおかしくないのだ。

手志朗は、井戸端に行き、水をかぶり丁寧に体を拭いて服を着ると、汗止めの鉢巻と、たすきをしっかりと締め、手を何度も地面にこすりつけた。

井上源三郎は、若い隊士が多い新撰組においては、めずらしく年かさで、老成の雰囲気がする剣客だった。

痩せているが、鍛えあげた体は針金を巻いたように固く締まっている。

聞けば、近藤、土方と同じ天然理心流だという。

そのせいか、端正ではあっても、どこか垢抜けぬ土の匂いのする田舎くさい顔をしている。

対して、柿崎源七郎は、立派だった。

盛り上がった肩。

太い首。

胸に、背中にくろぐろと生えた体毛。

いかにも強そうだ。

手志朗は、抜き身の刀を構え、藤堂とともに、次の間の暗闇に控えた。

井上の朗々たる声が聞こえる。

「柿崎源七郎。貴殿に、隊の機密を他藩に漏らしたる疑義あり。申し開きあらば、自由に申せ」

柿崎は動ずることなく、落ち着いて答える。

「なんと、詮無いことを」

低い声だ。

いや、なかなかたいしたものである。

動揺のかけらも見せぬ。

「武士として誓いを立てて加盟したからには、同志たる隊の秘密を、たとえ親藩にも漏らすはずありもはん」

「ふむ。しかし、監察方によると、去日、祇園の茶屋山緒において土佐浪人と会食したる旨、報告が来ている。これについてはいかがかな?」

「確かに山緒に赴いたことは間違いないでごわすが、土佐浪人などというものとは会《お》うちょらん。何かの誤りでごわす」

柿崎は認めずに否定した。

（認めなかった――手打ちだ）

手志朗は目をつぶった。

藤堂は暗闇の中で、竹筒の栓を口であけ、かねて用意の油を、敷居の溝に音もなく流した。

慎重に、襖をあける。

抜刀した手志朗の目の前が急に明るくなり、柿崎の広い背中と、井上の顔があらわれた。

井上は眉ひとつ動かさぬ。

流れるように会話を続けている。

(さあ、やってくだされ)

藤堂が目で指示した。

心の臓が、ばくばくと波を打って、喉がからからに渇いた。

(やらねば……)

手志朗は、ものも言わず、奥歯を嚙みしめ、鏡のように研ぎあげた重い刀をゆっくり持ち上げる。

そして、目の前で背を向けている男の頭頂部に向けて、思い切って振り下ろした。

「ぎゃッ!」

叫び声と同時に、柿崎の体のどこからか血が噴き出した。が、刀は頭にめりこまず、跳ね返されている。

敵もさるもの、気配を知り、とっさに面をはずしたのだ。

刀は、耳を削ぎ、そのまま肩にめり込まんとしたが、当たりどころが悪かったのか、固い骨が刀を撥ね飛ばしていた。

手志朗は、とっさに返す刀で、横面を打った。

ふりむいた相手は、耳から血を噴き出しつつ、のけぞって、よけようとした。

しかし、手志朗の切っ先が、かろうじて柿崎の喉仏を切り裂いた。

この間、わずかに一瞬。手志朗も柿崎も無言であった。

「おん見事！」

背後から、藤堂の声。

柿崎は、ひとことの言葉を発することもなく、こめかみの動脈と喉笛を切り裂かれ、血をびゅうびゅうと噴き上げ始めた。

手志朗は、瞠目してそれを見ていたが、柿崎が断末魔の苦しみにもだえていることがわかった。

武士の情けにおいて、トドメを刺さねばならぬ。

理性では、わかっていたが、できぬ。

体が動かぬ。

すると、藤堂が、

「ごめん」

進み出て、噴水のように血を吹き出す、小山のような体に馬乗りになり、心臓をぶすりとつき刺した。

柿崎の体からすっと力がぬけ、息絶えるのがわかった。

この間、井上源三郎は、身じろぎもせず、柿崎を詰問していたままの格好で正座し、表情ひとつ変えない。

返り血にまみれても、そのままの表情でいた。

そして、ひとこと、

「古畑殿。お見事でござる。この始末、局長に報告させていただく」

といって立ち上がった。

立ち上がったあとのタタミに、井上が座っていたところだけに赤く縁取りされた人型が残っている。

肩で息をしながら、こいつらは狂っていると思った。

背後から見ず知らずの男を斬殺した自分も狂っているが、それを当たり前のように、表情一つ崩さないで見ていられるこいつらは、もっと狂っていると思った。

人間なら、慌てるなり、よけるなりするだろう。

(くそう)

どうかしている。

どうかしているぞ。


その日は、夕方から、氷のように冷え込んだ。

西山に、冬の大きな太陽が沈んでいく。

近藤は言った。

「古畑殿、おかげをもって、薩摩の間諜を無事に排除することができたでござそうろう」

会津公にも申し訳が立つ。

今日は、大きな仕事をしたよき一日である。

「よし、みなのもの。お清めだ。精進落としに、角屋でおおいに飲もうではないか――」

その声を聴いて、若者たちは、わっと歓声をあげた。

「先生、ご相伴にあずかれるのですか」

「当然だ。屯所におるものはみんな来い！」

みなうれしげに、屯所を出ていく。

放心していた手志朗も、同僚たちに引っぱられ、島原へと向かった。

半刻後。

遊郭の一角、角屋の広間で、宴会が始まった。

若者たちは笑顔で盃を掲げる。

酒樽が次々開けられた。

女どもが躍り込んできて、隊士たちの胸に飛び込んでいく。

三味線を鳴らすもの。

放吟するもの。

女と抱き合うもの。

うわあああん、と笑う声が大広間に響き渡る。

手志朗は、最初のうちは隊士たちの乾杯につきあっていたが、それもひと段落すると、ひとり広間の隅で銚子をかかえて、考えた。

殺された柿崎の遺骸は、壬生寺に運び込まれた。

身に着けていたものはすべて身ぐるみはがされ、下男・女中の部屋に持ち込まれる。金めの物や帯などを整理したうえ、血まみれになった隊服は洗わねばならない。

今頃。

誰もいない前川屋敷の中庭の井戸で、いとが、それを洗っているのではあるまいか。

冷え切った夜の闇の中で。

真っ白な息を吐きながら。

血まみれの隊服に、身を切るような冷たい水をかけ、糠や灰汁《あく》を使って丁寧に洗っていく。やがて赤い血は流され、茶色のシミのようになっていく。少しでも血のりを落とそうと、いとは、隊服を必死でこすり合わせる。

ああ、あの女は。

（また、泣いているのかもしれないな――）

手志朗は思った。

無残に斬り殺された名もなき男のために、あの少女は、また人知れず涙を流しているのだろうか。

顔をあげると、バカ騒ぎの宴会場。

みんな笑顔だ。

酒をあおり、笑い、叫び、歌っている。

手志朗はひとり、手洗いに行くようなそぶりで、宴会を抜け出した。酔ってしまえば、一人ぐらい抜け出しても誰も気が付きはしないだろう。

「いと――」

手志朗は小さくつぶやいた。

息が、白くなった。

不夜城のような島原を西門から抜け、真っ暗な千本通を、北へ走る。

息を切らして水菜畑の中の道を行き、やがてこんもりと木々に囲まれた壬生の郷士の屋敷にたどりつく。

前川屋敷に駆け込むと、いとは、井戸端にぼうぜんと座って、満天の星をみあげていた。

それを見つけた手志朗は、中庭の柱のわきに立ち尽くした。

いとは、泣いてはいなかった。

ただ、あきらめたように放心して、空を見あげていた。

祈るように、空をみつめていた。

そして、柱のわきに立ち尽くしている手志朗を見つけると、かすれた声でこう言った。

「古畑さま。宴会はええのん？」

「いいんだ」

「来て――くれはったの？」

その眼はきらきらと星のあかりに輝いている。

手志朗は、ふらふらと近づき、いとを抱きしめた。

「すまぬ。殺したのはわたしだ」

「ええんよ――」

いとは、しばらく手志朗の胸に額をつけていたが、やがて、冷たい、冷え切った唇を押し付けて、言った。

「やっぱりあんたはんは、特別や。他の誰とも違う」

【六】　手志朗、大坂出張を命じられる

師走も半ば。

冷え切った夜に、手志朗は、近藤勇局長の妾宅へ呼ばれた。

それは壬生の屯所から下り、本願寺を越えてさらに行った醒《さめ》ヶ井《い》の町にあった。

近藤の妾というのは、もともと島原の最上級の太夫であったという。

それを身受けしたのだから、その威勢たるや、京洛じゅうに響き渡ったことであろう。

新撰組にとっては、政事的にも大きな意味があったに違いない。

妾宅は古い町屋であった。

そこには、近藤のほかに、土方がいた。

土方は部屋の隅に座って、表情ひとつ変えず不気味に酒を舐めている。

「古畑君。先日の柿崎の処断の首尾について、井上君から改めて詳細な報告を受けてござる。いや、見事なり」

近藤は盃をあげる。

手志朗は、受けた盃を飲み干すと、女が用意した湯豆腐を口に運んだ。

濃厚な豆腐のうまみが口腔を満たしたが、喉が焼けるように熱く、胃がしくしく痛む。

土方の存在が、気になってたまらない。

いっぽう近藤は上機嫌であった。

「隊士どもに探索を命じてあるものの、なかなかに御父上の仇を見つけることができずにおる。申し訳ないと考えていたところであるゆえ、余計に、この不肖近藤、こたびの手柄は喜ばしく存ずる」

「そこまで喜んでいただけるとは、かたじけなく」

手志朗が答えると、横から土方が口をはさむ。

「藤堂君の報告では、日々の市内巡邏においても、なかなかの手柄を上げられているとのこと」

土方が、そんなふうに、手志朗のことを評価するのは意外だった。

「隊士にはおのおの、その向き不向き、性質というものがござる。道場で強い剣士が現場で手柄を上げられぬこともあるし、その逆もありうる。古畑殿は、戦場にてその才を発揮する質かもしれぬ。源さんの話によれば、柿崎処刑のおり、とっさに二の太刀を返したというしな」

「困ります、買いかぶられては」

手志朗はあわてて否定した。

「わたしはもともと学究の得意にて――」

快活な藤堂に評価されるのはうれしいが、陰気な土方のような男に評価されては、この先ろくなことは起こるまい。

「買いかぶりではない、わたしは身分によらず、実力のみで隊士を判断する」

土方は鋭く言うと、

「局長、いかがでしょう。大坂の件は、古畑君も手勢に加えては」

「うむ」

「此度は、わが新撰組を大きく改組してより、最初となる重要な作戦。わずかな間に、隊士は増えたものの、軍団として働ける隊士もまだ育っておらぬ。会津出身の歴とした上士である古畑君の役割は大きいでしょう」

「我ら会津公お預かり、と名乗るだけではなく、実際に会津から士官が派遣されたることを浪人どもに見せつける必要があるということか」

「いかにも」

近藤と土方は、豆腐で熱くなった息を吐きかけるように顔を寄せて議論をした。

手志朗が横から、

「大坂とはなんですか？」

と聞くと、近藤は、言葉を選んで、少し考えるような態度を見せた。

その時だ。

襖をあけて、かいがいしく煮付けを運んできた近藤の妾が、明るく聞いた。

「それはそうと、土方はん。うっとこの、おいとちゃんは元気ですやろな？」

えっ、と手志朗は顔をあげた。

「元気ですよ。毎日しっかり働いている」

これは、土方。

「よかったわあ。おいとちゃんは、あての大事な子ぉですよって、あんじょう頼みますえ」

内心手志朗は動揺した。

なぜ、いとの話がここで出るのか？

高鳴る胸を押さえ、手志朗は、冷静を装い聞いた。

「いと、とは？」

「ああ、下女だよ。山南さんにつけている」

「ああ、あの子か」

手志朗はとぼけて見せた。

土方の表情は変わらない。

「おいとちゃんは、うっとこの下女だったさかいに、うちが身受けされるときに、旦那はんに頼んで一緒に連れ出してもろたのですよってなあ」

島原でその名を知られた太夫だったという妾は、元遊女と思えない気ざっぱりした物腰の女性だった。

確かに美しくはあったが、化粧を落としたその顔は、遊郭の華というよりは下町のおかみさんのようにはつらつとしている。

彼女は、はきはきとした口調で言った。

「もそっと器量が柔らかければ、芸妓にもなれたのやろが、なにぶん、男の子のようやって……」

土方は表情一つ変えず、

「心配はいりません。近藤局長の身のまわりに女は不要と心得、山南総長のお付きにしております」

と言った。

「土方さんが采配するなら、あても安心しとくわ――」

彼女は笑った。

ふと。

客間を見回すと、小さな床に、サツキを描いた掛け軸がかけてあり、椿の花が活けてある。

「サツキ、ですな」

手志朗は言った。

すると彼女は嬉しそうに。

「あれ、男衆にはめずらしい。わかるんどすな」

「はあ」

「おシルシにつかっておるんや。サツキの花が大好きよって――この季節にサツキはないやろ。だから冬は似た色の椿を飾っておるんよ」

それでいとは、サツキの手拭いを使っていたのだろうか。

「島原におった頃は、衣裳から、お手拭きからみんなサツキや」

「まあ、そんな話はよい」

土方は、声を改めた。

「大坂の話だ」

「そのことだな」

酒を飲み、近藤の態度はいくらかくつろいでいた。

手志朗の神経もまた、奥底の部分が酒でほぐれ出していたが、土方という男は、酔うということがなさそうだった。

さきほどわずかに手志朗を褒めたのは、手志朗を大坂に連れていきたいという含みを持たせてのことであろう。

この男の性根はどこにあるのか？

油断も隙もありはしない。

少なくとも手志朗は、この男が笑うところを見たことがなかった。

「古畑君。われわれ新撰組には、節目が何度かあった。昨年の七卿落ちの政変。今年の池田屋の手柄。そして、蛤御門・天王山における戦闘。我々が飛躍し、その武名を上げたるは、そういった戦闘における手柄であった」

「承っております」

「うむ。そのたびに、わたしと局長は、細心の準備を怠らず現場に臨んで参った。われわれはもともと浪士の寄せ集めである。また、通常は洛中の巡邏にあけくれておる。そのせいもあって、われわれは市中で不逞の浪士は斬れても、軍学に基づく集団軍事行動はできまいと各藩に侮られている。節目節目で、諸藩に実力を見せつける必要があるのだ——」

土方は、一口酒を含むと、ため息をついた。

「いま、窺見《うかみ》が大坂で探索している。その報告が、多少きなくさい。どうやら土佐の脱藩浪人どもが、京を捨て、大坂で何やら画策しているらしい。年明けに動きがありそうだ」

「土佐」

「いかにも。土佐郷士は藩に拠らず、脱藩して治安をかき乱す。今回は田中と本多という男が首謀らしい。多少厄介だ」

「——」

「いっぽうこちらは、今年の天王山の戦い以降、急激に新参隊士を増やしたところもあり、多少懸念がござる。みな、喧嘩の腕は確かだが、戦場での力が読み切れぬゆえな」

「うむ」

「正直なところ、御藩にも指揮官の出張を頼んだのだが、今回の一件、新撰組の窺見が探り出したる案件にて、こちらにてお勝手采配のご指示。つまり、会津より士官の派遣は得られなかった。すべて自分たちでやらねばならぬ」

「なるほど」

「しかし、会津の名前は大きい。浪人同士の私闘にはしたくない」

「ふむ」

「貴殿には参謀代理として参加いただきたい。年明け、大坂に局長が御自ら出張される。剣士もまた選りすぐる」

「ふうむ。しかし、わたしは、戦力にならぬ。御存じの通り不調法でござる」

「わたしはそうは思わぬが――まあ、いい。いずれにせよ、あなたには会津という看板があるのだ。了見なされよ」

その言いざまがカンに障った。

手志朗は少しだけ、抗いたくなった。

「参謀であれば、伊東先生がいらっしゃるでしょう」

「伊東は、京に残す。まだ彼らが一派を信頼できぬゆえ、な」

と、土方は冷たい瞳で、鋭く言った。

「……なる……ほど」

その語気に、手志朗は、沈黙した。

この男の頭の中はどうなっているのか。

敵、味方、味方、敵。

人に感情があって、言い方によっては考えを変えることもあるなどということは、夢にも思わぬのであろう。

手志朗の場合は、たいして力もない若造だが、会津という看板を背負っている男、という役割で見る、ということだ。

あるものはすべて、利用してやる。

最初から、そう決めていたに違いない。

理解しよう、育ててやろう、守ってやろう、などという気持ちはかけらもないに違いない。

そう思うと、どうしようもなく、不快になった。

最初から、自分の運命が、目の前の陰気な策謀者に決められていたような気がした。

なぜこの男は、山南や藤堂のように感情を顕わにしないのだろうか。近藤や伊東だって、この男よりはずっと心のうちを見せてくれる。

(こいつの血は凍っているのだ)

手志朗は、思った。

この男には、男も女も、武士も町民も、会津や公家や寺社といった歴史ある存在すらも、自分が作った新撰組という組織のための道具のようにしか見えていない。

それで、いったい何を守ろうというのか。

周囲の人間を苦しめてまで、守りたいものとはなんなのだ。

(くそ)

この男のやることなすことすべてに裏があるように思える。

今日、近藤の妾宅に呼んだのだって、最初から手志朗を大坂に連れて行くつもりでそうしたのだ。

そして、今聞いた話――。

いとがかつて、近藤の妾の下女だったという話。

土方は、きっと、新撰組の評判を高めるために、近藤に京で最上級の太夫を落籍せるように手配したのだ。

その策略の筋に〈こぶ〉は邪魔だったに違いない。

だから、いとを妾から引き離し、乱暴に女中部屋に放り込んだのだ。

暗い女中部屋でうつむいている、いとを思い出した。

泣きながら、血まみれの隊服を洗っている姿を思い浮かべる。

ふいに、どうしようもなく彼女がかわいそうになった。

この男の策謀の、彼女もまた被害者であった。

彼女を助けてやりたい。

そう思うと、胸が痛くなった。

酒を口にふくむと、燗が冷めている。

「不味い」

手志朗は小さくつぶやいて、盃を伏せた。

翌日。

壬生屯所において、局長の居室に副長助勤・監察方以上の隊士が集められた。

土方が立ち上がり、疳高い声で、斬りつけるように言った。

「諸君。大坂出張中の山崎君の報告によると、土佐浪士の過激なるものどもが大坂の焼き討ちを計画しているとのこと。浪士の集結は年明け。局長自ら出張し、大坂に集結したる土佐浪士を一網打尽とする」

「局長自ら」

一同に、緊張が走った。

「これは池田屋以来の大捕物となるぞ」

誰かが小さくつぶやいた。

「不逞の者どもは、年始の人ごみに紛れて、三々五々、大坂大和川沿いにある船宿河内屋近くの料理屋〈渥美屋〉の二階に集結するとの由。われわれは、一味が集結したところを一気に叩く。会津肥後守さまにはすでに報告済みなれど、大坂の町奉行所には直前まで報告する予定はない。すなわち、応援部隊はなし。すべてこれわが新撰組に任されたること。名誉のことである」

土方の言葉に、一同、かたずを呑んだ。

「出張するものを発表する。沖田」

「おう」

「永倉」

「承知」

「斎藤《さいとう》」

「うむ」

「島田《しまだ》」

「はい」

つぎつぎに、幹部の名前が呼ばれる。

そして最後に、

「そして、古畑君には、参謀代理として参加してもらう」

と土方は言った。

ざわ、と一同が驚いた。

参謀の伊東と、総長の山南は、京の屯所に留め置かれることとなった。

この人事の意図は、奈辺にあるのか。

会議が終わると、山南が近づいてきて、小声で言った。

「――わたしは、留め置かれましたな」

「はい」

「大坂は近いゆえ、わずか数日のことだとは思うが、近藤、土方がそろって京にいないというのは好都合だ。わたしと伊東先生は、この隙を逃さず行動します。伊東先生に、密かに薩摩の家老、小松うじに会っていただくこととする」

「山南さんは」

「もちろん同席する。また、江戸の千葉道場の消息を探ろうとも思います。今や京に長州、土佐の勢力なし。彼らの主な活動場所は、江戸に移っています。なにやら江戸で動きがあるらしい。このことは、藤堂にも伝えてあります」

「伊東先生、山南先生、藤堂さんのみが知っているということですか」

「いかにも」

「御身、大丈夫でしょうか」

「勤皇のためです。報国の志が熱くこの五体を流れうる限り、なにを怖れることがありましょうや」

山南敬助は、目をきらきらと輝かせて、屯所の廊下を滑るように歩いて行った。

その後ろ姿を見ながら、手志朗は、激しい不安を感じた。

なにか大きな力が、自分の見えないところで動いているような気がした。

腕に自信があり、剣一本で生きている熱い男たちには見えない、何か巨大で陰気なものが、この世には確実にあるような気がする。

このような懸念を、男たちは笑うのであろう。

怯懦なりというのであろう。

彼らにあるのは、ただ、剣のみ。

目の前の戦いに、勝利するのみ。

それが、彼らの生き方であり、美学であろう。

しかし、世の中は、目に見えぬ何かが支配している。

その恐ろしさは、剣の比ではない。


その日の深夜。

手志朗は、不安に目覚めた。

部屋を出て中庭に面した縁の雨戸をあけると、空には真っ白な満月――冷えきった夜である。足音をおそれて裸足のまま冷たい石の上に降り、中庭を渡って台所わきにある女中部屋を覗く。

一番下座にあたる土間のわきに、いとが、寝ていた。

音もなく近づき、足をつつくと、いとは気が付き、そっと出てきてくれた。

「どうしはったのですか。こないな夜中に」

手志朗は、その細い手を握り、音もなく、また庭を渡る。

長屋の奥の蔵の中、米俵が山とつまれた物置にいとを連れ込むと、手志朗はモノも言わずいとを抱きしめた。

「手志朗さま――」

「いと」

手志朗はあえぐように言った。

彼女と抱き合うと、その触れ合う肌の柔らかさが、少しずつ自分のなかの恐怖を溶かしていく。いとの肌は温かく、なめらかだった。

「どうしはったんどすか」

「いと――助けてくれ」

蔵の窓から漏れ落ちてくる冷たい月明かりの中でいとは、静かに着物を脱いだ。

白く光る小柄な体は、やさしい曲線を描いている。

痩せているのに、骨ばってはいない。

ゆるやかに脂肪の乗った女子らしい体だった。

命の軽いこの屯所の中で、唯一、命を生み出す泉――。

ああ。

心のどこかがほっと緩む感じがする。

「ああ」

それに触れると、手志朗はようやく眠れそうな気がした。

ふたりは、夢中になってお互いを温めあうと、着物を重ねて、その中に埋もれて物語をした。

「そうどすか。太夫と会われはったんどすか」

手志朗の話を聞いて、いとは優しく言った。

「太夫はうちにとって、親代わり、姉代わり」

「そ、そうだったのか」

「あんなに、美しくて、強いひとは、他におらへん」

そういうと、ぽつぽつ自分の身の上話をはじめる。

「うちが生まれたんは――」

いとが生まれたのは、紀州の山奥の、小さな貧しい農村だという。

「郷里でうちは〈要らん子〉でした」

彼女が生まれた村は貧しくて、男も女も要らん子は売られるのが常であった。

いともまた、幼い頃、女衒《ぜげん》に売られた。

器量の良い子は高いが、そうでない子は安い。

そういう意味で、女衒のほうでも少年のような容貌のいとの扱いには困った。決して不細工ではないが、顔つきが興ざめなほどに厳しい。高く売れるのは、優しい顔立ちの娘らしい子と相場が決まっている。

「そうや。そこでも、うちは〈要らん子〉やった」

一緒に村から買われた子は、つぎつぎ買い手がついていったが、厳しい顔立ちのいとにはなかなか買い手はつかない。

しびれを切らした女衒は、いとを縁ある京の遊郭に安値で売った。うまく育ったらお座敷で使えばええ、無理ならば下女にでもして使ってくだはれ——捨て値で、いとは売られた。

そして、その遊郭で、太夫と会った。

「太夫は、天神の頃からキレイやった。初めて見たとき、この世のものとは思えまへんでした」

彼女の禿《かむろ》としてもらい、下働きをするのはいとにとって、大きな喜びとなった。

うっとこの太夫は天下一。

——そう思うと、廓の仕事にも張りが出た。

生まれてずっと、自分は幸せになってはいけない身分なのだと思って生きてきた。

そうではないと教えてくれたのも太夫だった。

「おいとちゃん、そんなことはあらへんえ」

太夫は、強く言った。

「およそこの世におぎゃあと生まれて、幸せになれへんお命なんてあるわけないよって。胸を張り。誰に何を言われても、意気地ひとつで胸を張り！」

幼かったいとの胸は高鳴った。

「誰もが、幸せになるために生まれてくるんよ。おなごが幸せを追い求めることに、なんのお咎めがあるっていうんやろ」

そんな言葉は、初めて聞いた。

その日から、世界が違う景色に見えたほどの驚きだった。

そして、この人のために生きよう、と思った。

一生懸命働き、太夫に尽くした。

太夫も、可愛がってくれた。

ちょっとした暇をみつけると菓子などを買ってくるよう言いつけては、必ず駄賃をくれた。肌を磨くための糠袋や匂い袋など、余ればすぐに下し渡してくれた。ときには下女や妓たちをあつめて女だけで菓子をひろげることもあった。

同世代の女同士で、どうでもいいおしゃべりをする。

そのような体験をしたのは、生まれて初めてだった。

なんと楽しいのだろう。

いとは涙が出る思いだった。

(うちは、幸せや――)

そう思った。

それだけでよかった。

やがて、太夫に旦那が付くことになった。気の遠くなるようなお金を積んで、落籍しようという男があらわれたのだ。

いとは、太夫のために嬉しかった。

男は、新撰組局長の近藤勇という男だった。

しかも太夫はいとを下女として一緒に連れていくつもりだという。それを聞いたとき、どれほど嬉しかったか。

が、近藤側の窓口であった土方歳三は言った。

「これから太夫は、局長の京表における妻となるのだ。その妾宅は、新撰組の応接間になり、各藩の名士が出入りすることになろう。太夫の身のまわりの世話は若手隊士を出仕させ、新撰組で行います。仕出し、洗濯なども、こちらでやる。遊郭あがりの下女など、連れてこなくてよろしい」

ここでもいとは、要らん子とされた。

しかし太夫は、いとの行く末を案じた。

旦那である近藤に、なんとかしておくれ、このまま後ろ盾なしに遊郭においていくには忍びないと泣きついた。

近藤の頼みを聞いた土方は、ため息をつき、それでもてきぱきと差配した。

その子を前川家の縁者としたうえで、新撰組で下女として引き取り、総長の山南につけることにしたのだという。

「ひどい話だ」

手志朗はつぶやいた。

下女のひとりぐらい一緒にいさせてあげてもいいではないか。

それに、せめて近藤付きの下女にすれば、太夫と会える機会もあったはずだ。

わざわざ山南につけてふたりを引き裂くこともあるまい。

「土方は、血が凍った男だ」

「いいんどす。うちはもともと、幸せになれる身分の人間ではないんどす」

「そんなことはない。太夫の言う通りだ。この世に幸せになれぬ命などあるものか」

「まあ」

「それに」

手志朗は、奥歯を噛みしめるようにして、言った。

「おまえは、美しい。誰が何と言おうと、わたしはそう思う」

それを聞いていとは、びっくりしたように、手志朗の顔を見つめた。

目がまるく、大きくて、真っ黒だった。

京の遊郭では、糸のように切れ長の目が美しく、口は受け口で小さく、うりざね顔がよいとされる。いとのように黒目がちで目が大きく、鼻筋の通って彫りが深い男のような顔つきの女は、売れないのであろう。

しかし、手志朗はこの目が好きだった。

いとは、穴があくほど、手志朗の顔を見つめたあと、ぽろりと涙を流した。

「うれしゅおす」

冷え切った蔵の闇に、彼女の涙が光って、凍っているように見えた。

「嘘でもかましまへん。それでもうれしゅおす――」

「いと」

彼女と肌をあわせていると手志朗は、心の奥底に、ざっくりと空いた不安の穴のようなものと、彼女の心の傷口がぴったりと重なりあうような気がした。

生まれも、育ちも違う。

だが、この世界で、ただふたりだけが理解できる悲しみや苦しみがあるという確信があった。

「手志朗さま。最初にあんたはんを見たとき、どの男たちとも違って見えましたえ。誰とも違うんや」

「……違う」

「そこが、好きやわ」

そう言われると、手志朗は、心の奥底から力が湧いてくるような気がした。

手志朗は、子供の頃から、会津の溝口派の道場において情熱的に剣に打ち込む仲間たちに、違和感を持っていた。

日新館においても、時勢や殿への忠義心について激しく議論する年上の学究たちを見ても、どこか醒めていた。

そして、そのことに、引け目も感じていた。

たとえば佐川官兵衛のごときものは、サムライのひとつの典型であろう。難しいことなど考えず、単純でまっすぐな忠義を天下にぶつけていく。しかし、自分は違う。うじうじといろんなことを考えてしまう。考えて、考えて、夢中になれるものを見つけられずにいる。

きっと、自分がサムライとして、何かが欠け落ちているから、夢中になれるものを見つけられないのだ。

自分は周囲の誰とも違う。

何か欠けているのだ。

そう思ってひどく落ち込んだ。

しかし、いとは、それでいいのだと言う。

違っていいのだと言ってくれる。

「この世には、もっと大事なものがあるはず」

「それは何だ？」

「わからへん。けれど、この屯所にあって、殺されたひとの、服を洗っている下女などに気が付いたのは手志朗さまだけ」

「いと」

「そのような心根のかたを、神様がお救いにならぬわけはありまへん」

「神様」

それも、初めて聞く言葉だった。

いとが言う言葉のひとつひとつが、手志朗にとっては新鮮である。

「いと、おまえは、耶蘇《やそ》か？」

「耶蘇ではおまへん……けど、他にも神様はたんとおりますえ。ちがいますか？」

そんなに世間に虐げられても、神仏がおるというのか。親に売られ、信じた太夫とも別れさせられ、男たちの血にまみれた着物を洗わされ、それでも神様を信じているというのか──そんな言葉を、手志朗は呑みこんだ。

「うちは、下女でかまいまへん」

「──────」

「けれど、あなたはんには、明日がある」

「明日」

「明日のために、この場所よりも、どこか、ふさわしい場所があると思いますえ」

いとの言葉は、まるで麻薬のようだった。

心をしびれさせる、何かがあった。

いとの前であれば、手志朗はどこまでも正直になれる。

こんな気持ちになったのは、生まれて初めてだ。

「——太夫の宅の床に、サツキの掛け軸があった——」

「え？」

「いと、おまえもサツキを染め抜いた白布を持っていたな」

「へえ」

いとは目をふせた。

「太夫が好きやよって、うちもサツキの花が好きになりましてん」

「あの白い布は太夫にもらったのか」

「おさがりどす」

いとは笑う。

「宝物なのか」

「そないな大げさなもんやあらへん。もらったから使っておるだけや。こだわりはないわ」

「ふむ」

「ただ、サツキはね、手志朗さま。到底ひとが登れんような岩の上に根付いて咲くんよ。嵐になって川が氾濫《はんらん》しても、大風が吹いて枝を折られても、負けんと毎年、花を咲かせる」

「ふむ」

「だから、好きや。叩かれても、叩かれても、初夏になれば明るい花で咲き誇る。しぶとく生き残るもの」

「ふむ――わたしも」

手志朗は言った。

「生き残らねばならん」

「なんですのん」

「正月明けに、大坂で戦があるのだ。わたしはその出張隊士となった」

「まあ」

「わたしが新撰組に加盟したのは、長州との戦争のあとだ。すなわち、わたしは、本当の戦を経験したことがない。今度の戦が、初めてだ」

手志朗は、月明かりに照らして、自分の手をじっと見た。

節ばってはいるが、ひょろりと長く、繊細な指である。

わずかな間に、ずいぶん人を斬り、血に汚れてしまった指であった。

「そのことを考えていたら、不安になって眠れなくなってしまった……耐えられなくなって、いとを起こしてしまった。すまぬ」

「ええんよ」

「いと」

「大丈夫――」

その指をいとは、そっと包んで口にふくんだ。

「ご武運を、お祈りしておりますえ」

「今度は、背中から味方を斬るのとは違う――正面から向かってくるサムライどもと斬りあわねばならぬのだ」

「大丈夫……大丈夫」

いとの指が、そっと、手志朗の体を這う。

「それに」

「うん？」

「この隙に、伊東先生が薩摩の家老の小松うじと会う。山南さんが準備をしている。わたしは知っているだけで何をしているわけでもないが、土方にはわたしも一刀流で彼らの一派だと見られている。これが露見すれば、わたしも彼らとともに斬られるのではないか」

「……大丈夫」

いとは、泣き言をいう手志朗の唇をそっと抑え、愛撫した。

「逃げるのよ。そうなる前に、あなたは、逃げるの」

「え」

「あなたにはもっとふさわしい場所がある」

いとは、呪文のように、そう繰り返した。

「この底なし沼から、逃げるんよ、手志朗さま――」

いとの黒い目が、闇の中できらりきらりと光って見えた。

【七】　手志朗、帰参せんと図る

明けて元治二年（一八六五）正月八日。

新撰組は、副長土方歳三以下選りすぐりの剣士十二名をもって大坂へ出張した。

大坂焼き討ちを計画している土佐浪士を捕縛するためである。

近藤は、当日の朝、急な公用が入ったため、京に残ることになった。三番隊長の斎藤もそれにつき従うという。

人数は減ったが、とくに補充はなく、指揮は土方となった。

「おのおのがた、準備はよいか」

「おう」

「出立」

土方の声が、夜明け前の暗闇に響く。

隊士たちは、隊列を組んで屯所を出る。

ひたすら南へと下り、夜が明ける頃には伏見の船着場に到着。

冷え切った水面が朝日を浴びて川霧を沸き立たせる中を、船で大坂へくだった。

八軒屋《はちけんや》の湊に上陸すると、その足で奉行所を訪ね一報。

そのまま、隊士の山崎が探し出してきた土佐浪人たちのアジトに向かった。

そこは、網の目のように水路が張り巡らされた大坂の、町屋の中にある〈渥美屋〉という飯屋であった。

一同、店が見える少し離れた路地で円陣を組む。

「潜伏場所は、あれなる飯屋の二階。永倉君、きみが三名を引き連れて裏口を固める。沖田君、きみは残りの五名をもって正面から入る。古畑君はわたしと一緒に軒先で待ち、逃げてくる不逞浪士を斬る。一同、首尾は常に副長に報告するように」

土方の指示は、どこまでも無駄がなく、合理的であった。

手志朗が緊張のあまり震える手を持て余していると、一番隊隊長の沖田総司《そうじ》が、嬉しくて仕方がないというふうに、きらきら目を輝かせている。

「楽しみだなあ。何人ぐらいいるんだろ」

沖田は、背が高く肩幅が広くて目つきの鋭い、見るからに強そうな剣客だった。

もうひとりの屈強で骨太な若者、二番隊長の永倉もまた、嬉しそうだった。

「久々だなァ」

と舌なめずりをしている。

「おいおい。斬るのはいいが、ちゃんと捕虜も獲るんだぜ」

あきれたように土方が注意した。

「ともかく、斬り合いになる。古畑君はわたしと一緒にいればいいので、心配いらぬ」

「承知」

そう答えながら手志朗は必死で手の震えを抑えていた。

怖いのではない。

寒いのだ。

そう自分に言い聞かせる。

「はは――大丈夫だよ。へまはしない。んじゃ、行ってくるぜ」

永倉はそう言って土方の肩をぽんぽんと叩くと、弾むように裏路地にむけて走っていった。

沖田は頷き、すらりと白刃を抜いて前に進むと、路上でしばらく待った。五人の隊士が沖田の背後にしっかりついている。

沖田、切っ先が右にふれる独特な構え。

別働隊が裏口にたどり着く頃を見計らって、小走りに店に走り寄り、正面の雨戸を蹴り倒す。

「渥美屋。京都守護職会津肥後守御預新撰組、これなるは一番隊長沖田総司である。御用につき、罷り越す」

気負うことなく、大声でそうのたまうと、主人の返事も待たずに正面から堂々と店に突入し、一気に階段を駆け上がっていく。

足音のあと、階上から叫び声が聞こえた。


――うお！

――なにもの！


土方と手志朗が玄関前に仁王立ちしたまま聞いていると、騒ぐ敵の声が、思ったよりも少ない。

「う……む。留守であったか？」

土方が、呟いた。

——新撰組の御用調べである。神妙に、奉行所まで同道せい。

これは沖田の声だった。

——なんだと、おのれ！

——このやろう！

戦闘が始まった。

斬りあいの音がバタバタとする。

近所の野次馬が集まり始めた。

土方は路上で、微動だにしない。

——ぎゃあ！

突然二階の障子がひらいて、島田魁《かい》という巨漢強力の男が、えいやあ、と毛むくじゃらの巨体の浪士を蹴り落とした。

どん、と音がして剣士が目の前に落ちてきたが、もう面を割られて脳漿《のうしょう》が飛び出している。

長い朱鞘を手にしているところを見ると、土佐浪士である。

肉厚で、胸にも背中にもみっしりと縮れた黒毛が生えている。なにか獣の死骸のようだった。

続いて、

——裏から三名逃げたぞォ！

と、沖田の声。


——永倉君、頼んだよ。

——はいはーい、承知ぃ！


嬉しそうな永倉の声。

今度は裏手で、ばたばたという音や、がんがんと刃物が打ち合う音が聞こえた。

しばらくすると、肩で息を切らして永倉が戻ってきた。

「副長、一名殺害、一名手負いにて確保。二名取り逃がし候」

「うむ」

沖田も戻ってきて、

「都合、二名殺害、一名捕縛、三名取り逃がし。……たまたま、集まっていた人間が少なかったようだね。大物もいなかったようだ。留守番の連中だな、こりゃ」

と報告した。

「ちょっと来るのが早すぎたかな。残念だな」

とこれは島田。

「うむ」

土方は目の前に死体が転がっているにもかかわらず、まるで立ち位置を変えずに仁王立ちのまま報告を聞き、頷いた。

「まあ、仕方があるまい」

「どうする？」

「逃げたやつらを追うこともできるが」

「小物であろう」

「ここで待ち伏せしても仕方ないな」

「よし。間もなく奉行所の同心が来る。調書は大坂奉行所に任せ、わが隊は点呼のうえ、撤収する」

土方は、叫ぶように言った。

「全員、戻れいッ！」

隊士たちはその声をきき、ばたばたと土方と手志朗の周りに駆け戻ってきた。

手志朗は、え、これだけ？　と思った。

震えるほどに恐れていた戦闘は、あっけなく終わってしまった。

「こういうこともある」

「残念ながら、これもまた武運」

「大坂放火のたくらみは事実であったろうから、これからも土佐には油断できぬ」

「大坂も巡邏を強化しなければ」

「まあ、次さ、次」

「さ、宴会だ、宴会だ」

幹部たちは、さっぱりしたものだった。

いっぽう手志朗は、あっけにとられていた。

自分だけが戦いのなんたるかをわかっておらず、こういった場におけるふるまいをわかっていない。

そのことに、戸惑いがあった。

みなの自由さにつきあっていいのかもわからず、ただうろたえている。自分だけが勝手に心配して萎縮していたようにも思える。

一同は、冗談などを言いながら市内を徒歩で移動し、そのまま、八軒屋に戻って京屋忠兵衛に入った。

新撰組御用達の宿だという。

亭主の忠兵衛は、でっぷりと脂ぎった中年男だった。

「お役目、ご苦労様です」

伏して迎える忠兵衛に幹部たちが声をかける。

「うむ」

「ひさびさじゃな」

「忠兵衛、うまいところを頼むぞ」

土方を先頭に、全員が登楼した。

手志朗はただ幹部たちについていき、よろよろと宴席につく。

「京とはまた、ひと味違う浪速《なにわ》の宴。ごゆるりとおたのしみくださいませ」

主人が言うと、美妓たちがどっと乱れこんできて酒宴となった。美妓の名は、小虎、お鹿などといい、京まで名の知れた女どもだそうな。一同下へもおかぬ歓待ぶりである。

「天下の新撰組の下坂じゃ。皆の者、飲め、唄え」

全員、最初からそれが目的だったのではあるまいか、と思うほどのハシャギようである。

三味線が響く。

剣舞を舞うものがいる。

詩吟をうなるものもいる。

「愉快なり」

永倉が叫んだ。

「京の女もよいが、浪速の女もよいな」

みんなひさびさの大坂を楽しんでいるようだった。

やがて、酔いが回る頃合いとなると、それぞれが今夜の敵娼《あいかた》を決めたようだった。

女たちと抱き合い、もつれ合うようにしてそれぞれの部屋へ去っていく。

手志朗は、宴席の隅に座って、そんな男たちの背中を、ただ見つめていた。

こういった宴会。

新撰組に入ってから何度も経験してきたはずなのに。

なぜだか今日は、普段以上に居心地が悪かった。

「古畑先生、お初にお目にかかります。なにとぞ御贔屓にお願い奉ります。さあさ、よりどりみどりです。どの女でも好きなモンを抱いてくだされ！」

京屋忠兵衛が酒の角樽を片手に、近づいてくる。

ぶつぶつとミカンの皮のように穴だらけの脂ぎった肌――。

「あ、う、うむ」

なんだか疲れてしまって、うまくあしらえない。

「浪速の女の味も、ええもんでっせ！　お好みの女がいなければ、すぐに手配しますわ。どないなお好みでっしゃろ？　言うてくだされ、先生！」

すごい鼻息だ。

勘弁してほしい。

満面に笑みをうかべて、鼻息も荒く迫ってくる忠兵衛の顔を見ながら、なぜか急に、

（ああ、逃げ出したい）

と、そう思った。

女など、抱きたくない。

放っておいてほしい。

すると不意に、ここは自分の居場所ではないのだという思いが、どうしようもなく心の奥底に湧き上がってきた。

言われるがまま忠兵衛の盃を受ける自分の手元を見ながら、いとを想う。

この指を、丹念に舐めてくれた、いとの柔らかい唇を想った。

（いとに、会いたい）

そう思った。
（いとと、ふたりきりで語りあいたい）
盃を口に運びながら、考える。
ああ、なんとだらしない男なのか。
男なら、サムライなら、堂々としていればいい。
こういった場では、うじうじ考えず、気分よく盛り上がって、酔えばよい。
がつんと女を抱いて、がつんと飲んで、天下国家を語ればよい。
女郎宿の脂ぎった主人の諂《へつら》いなど、上手にあしらって、粋に遊べばいいのだ。
しかし、自分はそれができない。
ああ。
ここは自分の居場所ではない。
戦場も、遊郭も、自分には似合わない。
酔眼の男どもの歌声も、女どもの嬌声も、自分を不安にさせる。
自分は合っていない。
合っていないのだ。
ゆらゆらと雪洞《ぼんぼり》の灯りが、手志朗の盃を照らしていた。

京に戻り、屯所に荷を解くと手志朗は、すぐに黒谷金戒光明寺にある会津本陣へと向かった。
本陣は深い杉林の中。どこまでも静謐であった。

藩士たちは守護職屋敷に出払っているのか、誰もいない。

じゃりじゃりと玉石を鳴らしながら奥に入り、庭から広間にまわると、ちょうど家老の林権助と神保内蔵助が談笑しているところだった。

林権助は、会津武士の意地と武辺を絵にしたような老人で、鷲のような鋭い顔つきのサムライである。

いっぽうの神保はでっぷりと肉のついた頼りがいのある壮年の偉丈夫で、昨年の京・天王山での長州との戦いにおいて、一気に名をあげた武将であった。

ふたりがいるのを見て、手志朗はたじろいだが、ここまで来たからには、と決心した。

座敷にあがり、平伏する。

「お久しうございます」

「おう、古畑手志朗ではないか」

「息災であったか」

ふたりは、相好を崩した。

「報告は聞いておる。新撰組において格別の働きをなしておるとのこと。嬉しく思うぞ」

神保は優しげに言った。

「いえ。そのようなことは」

手志朗は戸惑いを隠せず、すがるように聞いた。

「本日は、山本覚馬殿は在陣でござりましょうか」

「山本か――」

神保の顔が曇った。

「聞いておらぬのか？」

「何が、でしょうか」

「山本はここのところ、目を患っての。御役目から暇をもらい、宿に引き下がっておる。もう、治らぬかもしれぬ」

「えっ」

手志朗は小さく叫んだ。

新撰組に手志朗を周旋したのも、その後の会津藩との窓口になっていたのも山本覚馬である。その山本がいなくなれば、この自分はいったいどうなるのだろうか。

それに御藩の洋学の研究はどうなるのか。

山本は砲術家であり洋学者である。

洋学の研究が滞れば、自分の戻る場所はなくなる。

そう思った手志朗は、唇を嚙みしめた。

そんな手志朗を見て、林権助が言った。

「うむ。古畑。貴様、亡き父に似てきたの。いい面構えじゃ。新撰組にてしっかりと鍛えられたと見える」

林の判断基準は常に、武士らしいか武士らしくないかであって、それ以外はない。少しでも卑怯な振る舞いをする藩士をみかければ、烈火のごとく叱りつける男だった。

「近藤殿とは昨年の真木和泉《まきいずみ》との戦いにおいて、ともに戦った仲じゃ。その采配ぶり、堂々とした態度、潔い進退、実に立派であった。その近くに侍っておるのだ。貴様の骨柄《こつがら》も変わろうというものだな」

「いえ、そのようなことはござりませぬ」

「謙遜するな。武士たれば武術こそが本道。戦さこそが天命である――以前のお前はその天命を小バカにし、書物をもてあそび、義を弄するところがあったぞ。下手に学問なぞ志したからよ。貴様、新撰組に入って初めて男になったと見える。よし。このまま男を極めい！　極めて極めて、会津武士らしく、殿の馬前で死ぬのだ！」

林は怖い顔のまま睨みつけるように言った。

正直、頭がくらくらした。

(し、死にたくないわ！)

手志朗は心の中で叫んだ。

(どいつもこいつも、勝手なことを！)

手志朗は思った。

しかし、目の前の林も神保も頑固一徹の会津武士で、薩摩も長州もまとめて蹴散らしてやる、ぐらいにしか考えていない。

おそるおそる、手志朗は尋ねる。

「国許の、西郷《さいごう》さまは息災でありましょうか」

「西郷さまか――なぜそのようなことを尋ねる」

「え、その、気になりまして」

「ふむ」

「昔、父ともどもお目にかかり、わが洋学の精進に励ましを受けたることがありまする」

そうではない。

西郷頼母《たのも》は会津藩松平家の重臣であり、頑固な会津武士でありながら不戦論者、恭順主義者であった。常に藩全体のことを考え、視野を広く持ち、洋学にも、砲術にも偏見がなかった。西郷も厳しい男だったが、少なくとも話は通じる優しい上司ではある。

せめて西郷がいれば手志朗の心内をわかってくれるのではないかと思ったのだ。

「貴様も知っておろう。西郷さまは、殿のお怒りを買い、ご家老としてはお暇をいただいておる」

「まだお許しはないのですか」

「うむ、ないのう。蟄居《ちっきょ》のままじゃ」

「西郷さまは、以前から、殿が京都守護職を拝命するのに反対であった。殿が京に赴いてからも、なにかと苦言を呈され、小言を言い続けた。御家を思ってのこととは思うが、コトここに至って御所との関係を重視せよ、江戸とのつなぎを増やせなどと次々殿へ諫言《かんげん》なされる。殿も目いっぱいだ。すべてはやりきれぬ。簡単にはお傍に戻すまい」

「そんな」

思わず眩暈《めまい》がした。

もうだめだ。

自分を新撰組に押し込み、事情をすべて知ったうえで出世街道を突っ走っていたはずの山本覚馬が病気で役職を立ち退いた。

少しでも話を聞いてくれそうな上司であり、手志朗のために骨を折ってくれそうな西郷は失脚したままだ。

どうすりゃいいのだ。

目の前のふたりは怖すぎる。

まず、顔が怖い。

忠義のために命を捨てるべしというサムライ原理主義が怖い。

なにか少しでも弱気なことを言ったら、怒鳴られそうで怖い。

それは、新撰組の幹部に対するのとはまた別の怖さであった。

「うう」

手志朗はおもわず額に脂汗をかいた。

「どうしたのだ、手志朗」

神保内蔵助は顔を覗き込むようにする。

態度は柔らかいが、神保も骨の髄までの主戦論者で筋金入りの佐幕主義者である。

「は」

手志朗は畳に手をついて、考えを巡らせた。

そして、うつむいたまま、叫ぶように言った。

「——思い切って申し上げます」

「なんだ」

「帰参！」

と、ここで顔をあげ、

「させていただくわけにはまいりませぬでしょうか！」

ふたりを睨みつける。

手志朗の目にはじっとりと涙が浮かんでいた。

もう嫌だ！

新撰組は嫌だあ！

そう心の中で思ったが、まさか会津武士たるものがそんなことを言うわけにはいかない。

ふたりともそれを聞き、む、と顔を見合わせる。

神保内蔵助の表情は変わらないが、林権助はあきらかに不快そうである。

そもそも会津は下士が上士の決定に異議を唱えることを極端に嫌う家風である。不義を嫌い、不満不平を押し殺し職務に励む。それが武士たる者の振る舞いであり美徳であるのだ。

「貴様――今は御殿お預かりの新撰組にあって近藤殿の配下にある者であろう。近藤殿の指示があったとしても、貴様自らが来るのは筋が違うのではあるまいか」

「こ、近藤先生の指示ではございません」

「私的な周旋と申すか」

「は、はッ！」

「貴様、それでも会津武士か！」

林権助は叫ぶように言った。

「そのようなことで、御藩の近藤殿への義理が立つと思っておるのか」

「も、申し訳ございません」

「そもそも貴様は、わが殿の添え状を持って新撰組に加盟したるものではないのか」

「は、はいその通りでございます」

「では近藤殿から申しつけがあったれば御藩に戻る、そうでなければ近藤殿に忠義を尽くす。それが筋であろう」

「そ、その通りでございます……」

頭を下げながら、手志朗は泣きそうになった。

「何の不満があるのだ」

「ふ、不満などございません」

そういうしかない。

不満だらけだなどと言った途端に叩き斬られてしまう。

「近藤殿は武士としてご立派な方。そして土方副長も、関東の武辺として尊敬できる男である。わしは、天王山の戦いで長州の輩どもと戦いしおりに、彼らの男らしい勇気ある振る舞いに誠に恐れ入った。彼らのごとき男は、男の中の男である」

「せ、戦場ではそうかもしれませぬが……」

「理屈を抜かすな！」

林権助は叱りつける。

「男の価値は、戦場で決まるのだ！」

そうかなあ、と思ったが、ここでは通用しない。

屯所での近藤は、でんと座ったままで何も言わぬし、女好きで、酒好きだ。土方は腹に一物ありそうで何を考えているのかわからない陰気な男だ。到底命を預けるのに値するような男どもには思えない。

「じ、神保殿、林殿——わが父の仇は、もう、京にはいないのではないでしょうか！　これ以上、新撰組で頑張っても、仇を討てるようには思えませせぬ」

すがるように、手志朗は言った。

「わたしは、八番隊に所属し、市中にて不逞の浪士を斬りたること数度。しかし、彼《か》のものどもの罪状などわからぬまま、ただ戦闘に及び殺害いたしてございます」

「――――」

「また、非番の折には同僚どもと、父が倒れていたという四条堀川近辺にて町人どもに話を聞けども、一向に手掛かりはつかめず。もう、下手人を捕縛することは無理かと思うに至りましてございます」

その言葉を聞いて、林は、息を呑んだ。

「む、むう！」

神保もまた、言葉を失った。

ふたりは顔を見合わせ、複雑な顔をしている。

(効いた)

手志朗は思った。

仇討ちの難しさは、誰でもわかること。

もう、必死になって続ける。

「拙者、かよう仇を討つべく必死の為しざま。どうかご理解くだされ。しかし、この儀、かように難しく」

「う、うむ」

「それに、新撰組は浪人の集団。われら会津藩士と志は同じうすれど、あきらかにわれらとは異なる者どもでございます。拙者は会津藩士として生をうけ、故父の丹精を受けることで洋学者として世に尽くすべく精進を重ねてまいりました。彼ら浪人どもとは肌が合いませぬ――拙者の良きところを生かすには、今一度御藩に戻り」

「よ、良きところ、だとお？　出しゃばったことを言いおって」

林は絞るように言った。

「しかし」

「しかしもカカシもあるか！　貴様の代わりなどは、御藩にはいくらでもおるわ」

「わ、わたしは、洋学の先鞭と自負しております。山本殿ご不在の今、御藩の洋学が心配であります！」

「手志朗。そのことは御藩も充分に考えに及んでおる」

「なんとおっしゃいますか」

「山本覚馬は京の市中に会津藩洋学所を創設し、他藩のものも受け入れ、学問を進める段取りを決めてから病気の治療に入ったのだ」

「な、なんと」

「洋学所は、山本がいなくなったのちも充分に働いておるぞ」

神保内蔵助が言った。

神保はまだ穏やかである。

「会津藩もバカではない。人材を受け入れ、今、京において、一、二を争うほどの洋学所になっておるのだ。心配は何もいらぬ」

「う、ううっ」

ある種の衝撃が、手志朗の体を貫いている。

自分がいなくなったあとも、御藩では何の支障もなく洋学研究が進んでいるらしい。いやむしろ、いた頃よりもずっと進歩しているようだ。

他藩の俊英も加え、だと？

藩の外には優秀な学者がごまんといるに違いない。

ああ、わずかな間に自分は学問においても遅れてしまった。今や自分は、会津において貴重な洋学者でもなんでもなくなってしまったのだ。

（ああ）

もうだめだ、と手志朗は思った。

進退窮まった。

自分はもう、行くところがない。

新撰組でも役立たない。

古巣の会津でも、時代に乗り遅れた。

自分には何もない。

何もないのだ。

手志朗は、呆然と、手をついたままでいた。

「手志朗」

神保は優しげに言った。

「まず今日は、新撰組に戻るがいい」

「は」

「貴様の言いたること、この内蔵助、よっくとわかったぞ。わが胸の裡に納め、殿にも申し上げ、慎重に検討しよう」

神保は言う。

「しかし、わが会津は、筋を違えることは行わぬ、わかるな」

「はい」

「貴様は武家の心得として、仇討ちを果たさねばならぬ。これは世の定めじゃ」

「――――」

「そして貴様は、殿の名前で属することとなった新撰組の差配にしたがい、その役割を立派に果たさねばならぬ。それが今の、貴様が仕事だ。弁えい」

「は」

手志朗は頭をさげ。

「は、はああああ」

と平伏した。


手志朗はふらふらと立ち上がった。

すでに広間には林の姿も、神保の姿もなかった。

金戒光明寺の庭の白石の上で、枯れた欅の葉が風に舞っている。

(ずいぶんと)

手志朗は思った。

(ずいぶんと自分は、遠くへ来てしまったのだな)

距離の話ではない。

立場の問題だ。

この京という目まぐるしく勢力図が変わる混乱の町で、必死で毎日を生きているうちに、自分はずいぶん遠くへ来てしまったのだった。

運ぶ足取りも重く、本堂をぬけ、山門を出ていこうとしたとき、

「手志朗──」

声をかけるものがあった。

力なくふりかえると、そこに、巌のような大柄なサムライが立っている。

細く鋭い目、大きく張った顎。岩のような肩。

改めてその鬼のごとき顔つきを見て、手志朗はうんざりした。

佐川官兵衛であった。

「しばらくであった」

「佐川殿」

ふたりは、山門のわきの大きな楠の木の下に対峙した。

佐川は、刺すように手志朗を睨みつける。

「先生の仇は、討てたか」

なんでこのように、怖い目つきで睨まれねばならないのだ。

藩の重役には叱られ、帰参はかなわず、兄貴分の乱暴者につかまって詰問されている──踏んだり蹴ったりだ。黒谷などに来るのではなかった。

手志朗は、ヤケ気味で吐き捨てるように言った。

「まだです。一向に、手掛かりがありませぬ」

「そうか」

佐川は、考えるようにした。

意外な反応に、手志朗はおや、と思った。

また頭に血をのぼらせて、なにか厳しい言葉をなげかけられるのかとおもったら、様子が違う。

それに今日は、珍しくシラフなようだ。

酒の匂いがしない。

「少し話さぬか」

佐川は、楠の下の大きい岩を指さした。

ふたりは並んで腰をおろす。

「あれから――」

懐手をしたまま、佐川は言った。

酒焼けした、苦い声である。

「わしは、非番のたびに先生が遭難したという四条堀川あたりを探索した。南は仏光寺通りあたりまで範囲をひろげて、な」

「ふむ」

「しかし、まったく手掛かりはつかめなんだ。事件を見たというものもまったくおらぬ。貴様もそうらしいな」

「いかにも」

「おかしくないか」

「ん？」

「先生が襲われたのは、秋のよく晴れた日だった。もとより堀川あたりは京でも繁華な場所だ。町民どもも大勢町に出ていたであろう。それなのに、まったく目撃者が出ない」

「あっ」

小さく、手志朗は叫ぶように言った。

佐川官兵衛は奥歯を嚙むように続ける。

「先生は、本当に、四条堀川で殺されたのか？」

手志朗は呆然とした。

「誰が、四条堀川で殺されたといったのだ？」

「山本覚馬殿です」

「ご遺体をご本陣に運び込んだのは？」

「会津藩士たちでした」

佐川と手志朗は、じっとお互いの顔を見つめあった。

かあ、とどこかでカラスが鳴いた。

胸が高鳴るのがわかった。

この男、なにを言おうとしているのか。

不安だ。

ああ、胃が痛い。

「手志朗よ。わしは突然、江戸行きを命じられた」

「どういうことですか」

「わしを、邪魔だとおもう人間が、この京におるのかもしれん」

佐川は座りづらくなったのか、腰の刀をはずして、目の前に杖のようにつき、コジリに顎を載せるようにした。

「手志朗よ——京は、恐ろしいのう」

「むう」

「まるで魑魅魍魎《ちみもうりょう》の棲む魔窟よ。誰が味方で誰が敵か、まるでわからぬ。敵かと思えば味方。味方かと思えば敵。わしのような単純で頭の悪い田舎ザムライには、到底わからぬ世界だ」

佐川はその分厚い唇を突き出すようにした。

「貴様、この件から手を引いたほうがいい。押しすぎぬことじゃ。別の手を考えるのだ。わかったか」

「佐川殿の口から、そのような言葉が出るとは」

「わしもな、いろいろ経験したのだ」

その眼は、深く沈んでいる。

手志朗は聞いてみた。

「佐川殿は、なぜ、わが父のことをここまで考えてくれるのですか?」

「ふむ。ひとつには、会津武士の意地がある。——そして、いまひとつは、恩がある」

「恩?」

「手志朗。わしは、生来の乱暴者よ。子供の頃からやんちゃが過ぎて、仲間からいつも浮いておった。わしが正義だと思うことは日新館の仲間たちには通じなかった。口下手だから、友だちもできなかった」

「――――」

「わしは会津で唱えられている、あの説教臭いお題目は大嫌いだ。子供たちが集められて、あれを唱えさせられている姿を見るとぞっとする。むらむらと反抗したくなる。あのお題目はクソだな」

「佐川殿」

「こんなわしだから、いつもひとりだった。友もなく、ただ剣にすがった。力こそすべてだと、必死で稽古を繰り返した。わしは、貴様のような秀才がうらやましかった。松永忠吉のごとき気楽な友がいる貴様がうらやましかったぞ」

「なんと」

手志朗は、瞠目した。

手志朗は、自分こそが、会津の仲間にとけこめない外れ者で、佐川官兵衛のごときは、会津武士の本道をいくサムライだと思っていた。

うらやましかったのは、こちらのほうだ。

「しかし、孤独で寂しいクソガキだったわしに、先生はこう言った。官兵衛よ、男はそれでよいのだ。群れるでない、一人でいるのだ。周囲がなんといおうと、そのままでおれ。信念を貫け――と」

佐川は言った。

「こうも言われた。親に頼らぬ男が、親を助けることができる。友に頼らぬ男が、友を助けることができる。家に頼らぬ男が、家を助けることができる。会津を頼らぬ男が、会津を助けることができる。日本に頼らぬ男こそが、日本を助けることができるのだ」

「――」

「官兵衛、ひとりたれ、と。孤独であれ、と」

手志朗はそんな官兵衛の横顔をじっと見つめた。

父に、そのような言葉をかけてもらったことなどない。

急に目の前の佐川が、うらやましくなった。

「わしはの、手志朗。その言葉を頼りに、武士一匹としての肝を鍛えてきたのよ」

「佐川殿――」

「先生は、会津などという枠で物事を考えていなかった。佐久間象山、吉田松陰《よしだしょういん》、清河八郎《きよかわはちろう》、藩外の俊英どもと議論を戦わせ、この国の行く末を、しっかと見据えておられた。つまり」

「つまり?」

「そんな先生の存在を不都合に思うものが、この会津のどこかにいてもおかしくないということよ」

「な」

「先生は、信念をつらぬく『何か』をやらんとして殺されたのではあるまいか。そしてそれはきっと、口に出してはならぬ『何か』だったのだ」

「う――」

手志朗は絶句した。

佐川は立ち上がる。

「いいか――わしは江戸に去る。しかし、貴様は京に残らねばならぬ」

刀を腰に収める。

「今わしが言ったことは、わしのごとき乱暴者が言うからいいのだ。しかし、貴様はこのようなことを言ってはならぬ。決して、口には出すな。証拠などなにもない。なにも知らぬ顔をして今のまま探索を続けよ」

「佐川殿」

「そして、なんとかして、この京の泥沼から抜け出すのだ。先生は、貴様に仇を討ってもらうことなど望んでおらぬ。これは確かじゃ。仇討ちなど、洋学者の先生からすれば噴飯物の旧習であろうよ」

「た、確かに」

「そ知らぬ顔をして、すべてを捨て去れ。なに、本当に捨てなくてよい。誰にも知られず、心の中で、会津も、新撰組も、サムライも捨て去ってしまえばよい」

佐川はぎろりと手志朗をにらみつける。

「最後に、本当の自分が残るだろうよ」

手志朗もまた、その眼を見つめ返した。

「佐川殿」

「おう」

「なぜわたしに、そのようなことを言ってくれるのですか」

「貴様が、先生に愛された息子だからよ。生き残れ。命をつなげ。先生はそれを望んでおられた――いいか。あらゆる世俗のことは捨ててよいのだ。しかし、男一匹の意地だけは捨てることなかれ」

「佐川殿！」

「話はここまでだ。また会おう」

そういって、佐川は背中を向けると歩んでいった。

そして二度と、振り返ることはなかった。

その場に残され、呆然と大岩に座ったままの手志朗に、顔見知りの草履取りの老爺が近づいてきて、声をかける。

「古畑の、おぼっちゃん」

「おお。久しぶりじゃの。なんじゃ」

老爺は、歯の抜けた口をもぐもぐと動かして、

「壬生から下女が来たぞい」

と言った。

「なに」

あわてて勝手門の詰め所の裏に回る。

そこに、いとが立っていた。

「手志朗さま。山南さまからのお手紙をお持ちしました」

走ってきたのか、汗にまみれ、肩で息をしている。

手紙を見ると、

――祇園　料亭　亀菊へ来られたし。

と書いてあった。

「――なにがあったんどす」

手紙を見たまま、身じろぎもしない手志朗を見て、いとは言った。

「う、うむ」

手志朗はうなるように言うと、

「なんでもない」

と唇を引き締めた。

頭の中は、混乱していた。

佐川の言葉。

神保、林の叱責。

そこへきて、息もつかせず山南の手紙。

なんだろう。

いろいろなことが、一時に起き過ぎだ。

「顔が、まっ青どすえ」

「心配するな、何事でもないのだ――ただの呼び出しの手紙よ」

大きな黒い目を見開いて、いとはそんな手志朗を見つめている。

「行かねば」

黒谷から祇園へは、東山の山裾を祇園社（八坂神社）まで下る。

手志朗は急ぎ山をくだって、その道へ出た。

「いと、ついてこなくて良いぞ」

「いえ――何か先生のご用があるかもしれへん」

いとは、手志朗の後をついてくる。

手志朗の態度に、何か異変を感じたものか。

（いかぬ――武士たるものが下女にわかるほどに取り乱しては）

歩きながら、手志朗は必死で頭をふった。

傍から見れば、立派なサムライが、下女を連れて歩いている姿に見えるであろう。

それは間違いではないのだが、なんとなく手志朗は、いろいろ混乱している自分が、いとの力を借りて、なんとか歩いているような気がした。

（しっかりしろ。しっかりするのだ）

いとの足取りはしっかりしている。

歩きながら、だんだんと気持ちを落ち着ける。

自分はサムライだ。

サムライなのだ。

しっかりしろ。

料亭に着くと、いとは待合に待たされ、手志朗のみが登楼する。

別れるとき、いとは、黒々と濡れた瞳で、手志朗の顔をじっと見た。

「手志朗さま。なにかあったら、お知らせください」

「いと」

「お待ちしておますえ」

口元は引き締まり、目元は緊張している。

愛する男の力になりたいという気持ちが、全身から沸き立っているように見えた。

ああ。
手志朗は思った。
（心強い）
なんと心強いのか。
そして、思う。
この娘だけは守りたい。
このけなげな女子だけは、守ってあげねばならない。
「わたしは大丈夫だ。いと、おまえは屯所に帰りなさい」
「手志朗さま」
「何も心配いらない」
手志朗はそっと笑って見せた。
すると心の中に、力が湧いてくる気がした。
なにごともない。
なにもないぞ――。
そう思った。
手志朗は力強く頷くと、懐手に胃を押さえながら、階段をのぼっていった。

長い廊下の奥の小さな部屋には、山南敬助のみでなく、伊東甲子太郎がいた。
ふたりは、妓も交えずに、なにやらふたりきりで密議を交していたようだった。

手志朗の顔を見ると、ふたりは微妙な空気で、会話をやめた。

そして、低い声で、

「会津はどうだった？」

と聞いた。

「どうだ、とは？」

「いとに聞いたぞ。黒谷に行っておったのであろう」

「はい。しかし、これといったことは……」

「ふうむ」

ふたりは腕を組んで、難しい顔をしている。

「率直に聞こう。会津から、伊東先生および、不肖この山南の追討の指令は出ていないだろうな」

「と、とんでもない」

手志朗は驚いた。

まさかそんなことを聞かれるとは思っていなかった。

両手をふって、否定する。

「そんなこと、あるわけがないではないですか」

「わからぬ。近藤、土方がどのような画策をしているか知れたものではない」

「確かに近藤局長がたびたび、守護職屋敷や黒谷に通って御殿にもろもろの報告をしているということは伺っております。しかし、その場で何が話し合われたかなどということは、拙者ごときものが、あずかり知ることではございませぬ」

「黒谷で誰に会った？」

「神保内蔵助殿および、林権助殿」

「おお、枢軸の両名」

「――佐川官兵衛殿とも立ち話をしました」

「そちらは知らぬ名だな」

「佐川殿は昔からの先輩格であります」

「ふうむ。なるほど」

「神保殿、林殿から、何か指令はなかったか」

「と、とんでもない。本日は、父・為元の仇の探索の実情を報告しただけです。また、拙者は今、新撰組の配下にありますゆえ、そのような話を耳にすることはありませぬ」

手志朗は取り繕うように言った。

「ふうむ」

伊東はため息をついて、言った。

「山南さん、まず、これは本当のことだよ。古畑さんは腹芸を弄するようなかたではござらん」

「そうですな」

山南は素直に頷く。

「古畑さん、詮無いことを申した。問い詰めるようなことをして申し訳ない。武士らしくないふるまいであった」

そう言って頭をさげる山南は、そのでっぷりとした外見と悠揚たる態度とあいまって、とびきりの好人物にみえた。

伊東も鷹揚《おうよう》に、盃を手にする。

「われわれを暗殺する動きがあらば、近藤、土方は、必ずや事前に会津の許可を取る。二年前に、芹沢《せりざわ》、新見《にいみ》という幹部が粛清された折も、近藤はひと月もまえに、会津の御殿の了承をとりつけておった」

山南は、言った。

その表情はどこか冴えない。

「何があったのです？」

「――諸君らが、大坂に出張しているわずかの間に、拙者は、伊東先生と、薩摩の小松帯刀《たてわき》うじとの宴を周旋した」

「承っております」

「そこに、近藤が現れた」

「え？」

「近藤が来たのだよ。偶然だと言っていたが、そうとは思えん。伊東先生が小松うじと盃をあげたところに、やあやあ伊東先生、偶然ですなぁ、と言って割りこんできた。三番隊長の斎藤一《はじめ》も一緒だ。結局、薩摩とは腹を割った意見交換はできずに終わった」

言葉がなかった。

近藤と斎藤が、急な公用ありと、大坂への遠征部隊から離脱したのは、出張当日の朝だ。

「宴席は四条大橋東詰の日本亭だ。ふだん新撰組の隊士が出入りする店ではない」

「いかにも」

「秘密が、漏れていたのだ――」

伊東甲子太郎は言った。

「山南君、わたしは、ひとたび引くべきだと思う。今回の一件、近藤、土方の一派は、かなりこちらの動きを詳細に把握していると考えるべきだ」

「ううむ」

山南は、不満げに唸る。

「今の古畑君の態度を見ても、まだわれわれを暗殺せんとするところまではきていない。まずは一度、沈静化させるのだ。焦りは禁物でござる」

「そうでしょうか」

山南は妙に頑なだった。

「われらが薩摩と連絡をしていることが、近藤に知れたのだ。わたしは、かえって動きを急いだほうがいいと思う」

伊東は説得を続ける。

「いや、今は待つときだ。心配はいらぬ。言うまでもなく、この伊東、勤皇報国の志は変わらぬ。ただ事を成すには策がいる。今のところ近藤、土方に隙はない。禁裏や薩摩と渡りをつけるには時間が必要でござる」

「しかし、その間も、新撰組はいたずらに一橋《ひとつばし》卿の走狗となるばかり。勤皇の一翼を担うどころか京洛にてどこまでも殺戮を繰り返すのみの存在に成り下がり申す」

「はは、大丈夫だ。われわれには志がある。したたかに機会を狙うのだ。まずはひとたび引くべし」

「伊東先生は新参ゆえ、土方のやりざまをご存知ない。わたしは文久年間より行動をともにしてきた。土方は甘い人間ではない。早く動かねば寝首をかかれますぞ。気が付いたときはもう遅いのだ。芹沢も新見もそうだった」

「大義が必要なのだ、山南君。拙速に動けば賊になる。とりあえず今回は家老の小松うじに会うことはできた。あせらず今度は、大久保か西郷に会う機会をさぐるのだ。こちらのほうが肝要だぞ」

「西郷も大久保も今は京都におりませぬ。入京を待っておっては、間に合わぬ。急ぎ小松うじと関係を深めるべきだ。もう一度会談を模索しましょう」

「性急なことをすれば足をすくわれる」

ふたりは、言い争った。

山南の表情には焦りが浮かんでいる。

山南は、奥歯を嚙みしめるような表情で、押し付けるように言った。

「伊東先生、あなたは良い。ついこの前、新撰組に加盟したばかりだ。いわば評価が定まっておらぬ。しかし、わたしはだめだ。殺される」

「なぜだ。あなたは、文久以来、江戸の試衛館以来の同志ではないか」

「新撰組は、上京以来の草創期を終え、発展すべき時にきておる。ばらばらな剣客の集まりから、意志を持った組織へと変革するときだ。こういったときは、草創の功労者を外し、拠って立つ〈議〉をもって組織を御すよう変革が必要。このことは漢の高祖の時代から変わりませぬ」

山南の説明はいつも明快で、わかりやすい。

「そうなると、その〈議〉が問題でござる。近藤、土方は古臭い士道こそ、その議とする。わたしは新しき勤皇報国こそ議と存ずる」

「ふむ」

「変革時、意見の違う幹部がいるのは、組織にとって危険でござる。だから、わたしは粛清される」

「それは、短絡ではないのか」

「断じて違います。そもそも壬生浪士隊は、芹沢、新見、近藤、土方、それに拙者の五名が筆頭浪士として指揮をとっていた。いわば船頭が五人いたわけだ。しかし浪士隊がその存在を認められ、先が見えると、近藤、土方はすぐに芹沢、新見を斬り、わたしを組織の主流から外した。近藤の専制体制を作るためだ。実に鮮やか。あっという間だった。その絵を描いたのは土方だ」

「ひとの上に立つ人間が貢献者たる有為の士を処断して、隊士が付いてくるとは思えぬ。そのようなことをするかなあ？」

「伊東先生。もう一度いいます。土方は甘くない」

「ううむ」

「そのために、あの非情な軍中法度が必要だったのだ。土方は法度を作り、旧友さえ処断することをいとわぬと決めたのだ」

「戦友や同志に対する情はないのかね」

「ない」

「なんと」

「なぜか。それが、大きな戦略の中に組み込まれているからだ。これらの動きはすべて、会津公が了承している。公儀の高官どもが承知している。だから土方は迷わない。会津にとって、身分も低く出自もわからぬ我ら浪士などゴミのようなもの。路傍の石と変わらない。路傍の石が生き残るためには、巨悪の中でその役割を果たすしかない」

「ふうむ」

「近藤、土方は、なりふりをかなぐり捨てると決めたのだ。昔からの仲間の命も、お役目とあらば犠牲にすると決めたのだ」

「――――」

「会津は、拙者が千葉道場の北辰一刀流と縁があることを知っている。倒幕の志士がたくさん出た道場だ。彼らは拙者を信用できまい。拙者は疑われている」

山南は奥歯を嚙みしめるように言った。

伊東は平然と酒を飲んでいたが、手志朗は若いだけに、想像を絶した話に思えた。

「山南先生――」

手志朗は呟いた。

「そんなことがありえましょうか」

「ある。会津公が指令を出せば、明日にもわたしは斬られる」

新撰組をめぐるさまざまな策謀――。

わが殿、会津公も一枚嚙んでおられるということなのか？

いや、信じたくない。

あの誠実を絵に描いたような殿が、そのような策謀に加担するわけはない。

しかし。

さきほどの、佐川官兵衛の言葉。

会津の誰かが、絡んでいることはあり得る。

会津もまた、この京の策謀の渦の中にいる。

その〈誰か〉が山南を追い詰めようとしているのか？

「今、拙者の外堀は、埋められんとしている」

「――そうかな」

「そうだ。よろしいですか、拙者には部下の隊士がつけられていない。部下がいないから洛中にて不逞浪士を斬ることができない。浪士を斬らねば手柄はない。手柄がなければ局中における評価は下がる。新撰組における、わたしの評価はどんどん下がっていく。居場所が失われていく」

山南のまるい穏やかな顔に血が昇り、細い目はカッと開かれていた。

「実際のところ、わたしは、自分の評価などどうでもよい。ただ、わたしは憂国の士である。屈辱にまみれ、背後から斬られるような死に方はしたくない。サムライとして堂々と戦い、男として死にたい」

「山南さん」

「おそらく土方は、わたしを斬る機会を狙っている。そこへきて、薩摩と連絡をとっていることが明らかになった。斬るとすれば今だ。違うかね？」

「失礼だが、山南さん。まだ事態は、そこまで差し迫ってはいないと思う――会津は動いておらぬ」

悠揚たる態度で、伊東は言った。

「それに、この伊東、弟の三樹三郎《みきさぶろう》を筆頭に有為の者らの領袖《りょうしゅう》をなすもの。貴殿一人のお命ぐらい、守って進ぜよう」

「お言葉だが、伊東先生。拙者は先生の弟子ではない。近藤の弟子でもない。拙者は同盟者であって誰かの傘下にあるものではない」

「これは失礼した。もののふに言うべき言葉ではなかった」

「わかってくだされればよろしい。そして、この国を救うのは、勤皇報国であって、古臭い忠義のために有為の若者を斬りまくることではない。競って死体の山を築くことなどでは断じてない」

「同意でござる」

「ゆえに、早く行動すべきだと思うのだ」

「今は待てといいたい」

「伊東先生のご意見、承った」

ふたりは対立したが、山南は、男らしく引きさがった。

山南は学問のある男である。

刀に手をかけて相手を怒鳴るようなことはしなかった。

「……わたしは、確かに、あせっているのかもしれぬ」

山南は、急にさびしげな表情になって、言った。

「これはきわめてワタクシのことでもある」

「…………」

「おそらく、根の部分にては、近藤、土方も、わたしも、勤皇の志は同じでありましょう。それが、どこかで行き違ってしまった。その行き違いは、最初は小さきものであった。しかし今や、抜き差しならぬもの。千里隔絶の趣きである」

山南の言葉は悲痛であった。

ふと、自嘲するように口調を優しくする。

「三年も四年も前になりますが、江戸の市《いち》ヶ谷《や》に、近藤の道場がありましてな。みな若かったゆえ暇をもてあましてはそこに集まり、埒もない議論をしたものです。報国の志について、武士道について、剣について。我らの明日について話し合いました」

「山南さん」

「同じようなことは、どの藩にもありましょう。わたしは仙台伊達藩の出身ですが、そこでも若者は、尽忠報国の志について、士のありかたについて、議論していたものです。会津でもそうでしょう。長州でも土佐でも若者はそういうものだ。しかし不幸なことに、わたしたちは、それぞれ出自が違うのです。出自が違えば眼目が違う。わたしのようなサムライから見れば、土方のやりざまは、沈みゆく船の船長に忠誠を誓うようなものでござる」

「うむ」

「今は、われらサムライが生き方自体を変えねばならぬとき。心をひとつに、日の本の民草のために働かなければならぬとき。しかし土方は、頑なに一昔前のサムライの姿を求めんとする」

山南は遠くを見るようにした。

「なぜ、このように、心が離れてしまったのか——」

つぶやくように、山南は言った。

その横顔を、手志朗は、じっと見ている。

【八】　手志朗、謀を知る

二月になると手志朗は、ふたたび四条堀川へ通うようになった。

そこで斬られたという父の仇を探すためだ。

そんな手志朗に、新撰組の隊士たちは協力を惜しまなかった。彼らがそれまでに斬った浮浪どものことを事細かに教えてくれたり、さまざまな聞き込みをして助言してくれたり。

探索時は、生田という才槌頭《さいづちあたま》をした若い隊士が同行してくれることが多かった。

父が襲われたのは四条の南。

堀川沿いの路地であるという。

その日、手志朗は、堀川にかかる小橋の上に立っていた。

「このあたりだな……。もう何度目になるか」

「現場百度といいます、頑張りましょう」

生田と話しながら、心の中には佐川官兵衛の言葉がとげのように残っている。

（もし父が、まったく別の場所で、まったく別の力によって殺されていたとすれば――）

手志朗は、思う。

（こんなところを探しても、下手人が見つかるわけがない）

手志朗は途方にくれた。

町は、人ごみ。

袖も触れ合うような狭い路地を、人々は荷物を抱えて、慣れた様子で行きかっている。

（いったい、なにが虚で、なにが実か、わからなくなってしまったわい）

父は洋学者として名が知られており、そういう意味では洋臭がぷんぷんとする男であった。一部の不逞浪士から見れば好ましからざる人物であろう。

しかし同時に朱子学者でもあって政治的には保守でもあった。

このあたりは、複雑至極だ。

今や、誰が攘夷で誰が開国なのかということを色分けできる情勢ではない。

西洋文化の流入は自然の流れであり、もう止めることはできない。みな、それはわかっている。

一方で、サムライの意地や忠義は存在し、同時にそれが政事の勢力・思惑とも複雑に絡み合っている。

互いにメンツが存在し、別の角度から主義主張が存在し、さらに別の角度から理想があり。

誰がどのような立場で、何がどういった考えで動いているのか。

確固たるものなど、何もない。

誰もが戸惑い、焦り、もがいている。

（父は、その中の犠牲者の一人なのだ）

京の町にあって。

行きかう人波を眺め。

ひとびとのざわめく声を聴きながら、手志朗は、ただ父の仇を探しているのではなく、もっと巨大で複雑な何かを相手にしているような気がしてきた。

京の町の、血管のような細い路地は、まるで魑魅魍魎の棲む迷宮のようである。その中で手志朗は、さまざまな思惑に翻弄され身動きがとれない。

(出口はないのか)

少なくとも、手志朗には見えなかった。

「古畑さま。御父上の件、我々、探索を助けるべき隊士どもの働きがはかばかしくないために、ご苦労をかけ申す」

生田は、申し訳なさそうに言った。

「いいのです。この件は、どう見たって難しい」

手志朗は、からりと笑って言った。

なにかむなしい。

犯人は、会津かもしれぬ。

もしかしたら、その息のかかった新撰組かもしれない。

万が一そうだとすれば、手志朗はずっと、騙されて、監視されていたことになる。

(今は探索する姿を土方に見せておくことだ)

手志朗はそう思いつつ、生田の才槌頭の下の素直そうな顔を見て、にっこりと笑ってみせた——。

その日。

肩を落として壬生の屯所に帰ってきた手志朗は、郷士の屋敷の路地のひだまりで、子供たちの相手をしている山南を見つけた。

温顔の山南のまわりには、子供があつまり、さらに郷士の大人たちもあつまって、談笑していることが多かった。

「親切者は、山南」

という言葉があるほど、山南は壬生の住人たちに好かれていた。

小太りの優しげな山南は、繊細な気配りのできる男で、島原の妓たちにも、大変な人気があった。

「わたしの、新撰組における評価は低い」

と、彼は言ったが、そうだろうか？

目立たぬが、彼の存在は隊に対し、計り知れない貢献をしているのではないか。

京という町の底流を流れる、目に見えぬ『何か』を、この新撰組というあやふやな存在に結び付けている『もやいの綱』は、実は、この山南という男なのではないか。

そんなふうに手志朗は思った。

山南は手志朗に気づくと、細い目をさらに糸のようにして笑いながら近づいてきた。

「首尾は、いかがでしたかな？」

「はかばかしくありません」

「そうですか。まあ、この件はあせっても、しかたがありませんなあ」

そのとき、路地の向こう、前川邸から壬生寺へ向かう板塀のあたりに、隊士たちが戸板を運びこむのが見えた。

死骸である。

血まみれの腕が、ムシロからはみ出していた。

それを、手志朗と山南は、黙って見送った。

山南は、背後を気にした。

路地で遊ぶ子供たちに、血まみれの死骸を見せたくなかったのだ。

「これはどうも――やはり、この屯所は引き払うべきだな」

「屯所を移転するのですか？」

「ええ。ずっと近藤局長と話をしています。そもそも我々新撰組は壬生郷士の皆様のご厚意に甘えて、文久以来、八木邸・前川邸に駐屯している。これ以上の迷惑も良くないでしょう。今、地所を探しております。しかし、京の市中において、これだけの軍団を収容する地所がなかなかありませんでな……」

「そうでしょう」

「土方などは、町の中心にある本願寺あたりを脅して分捕ってしまえばいい、などと乱暴なことを言うのですが、わたしは、そうはしたくない。古来、京城において寺社と対立した武士は、ことごとく滅んでいますし、なにより神仏は敬うべきだ。郊外であっても、多少の不便はこらえるべきだと思うのです」

「ここはいい場所ですがね」

「そうですな。洛中どこへ行くにも便利だ。禁裏や島原にも近い」

そして、山南は、陽だまりの路地で、茶飲み話のような感じで、のっぴきならぬことを言った。

「それはそうと、古畑さん。わたしは江戸に行くことにしましたよ」

「はあ、公用ですか？」

「いいえ。近藤も土方も、知りません」

え、と手志朗は顔をあげた。

瞠目して山南の顔を見つめると、口元は微笑みを絶やさず、それでいて細い目は見開かれ、笑っていなかった。

「逃げるのです」

「なぜ」

「嫌になったのです」

きっぱりと、彼は言った。

「わたしなりに努力した。が、なかなかうまくいかない。そもそもわたしは、尽忠報国の志ある憂国の士であります。民のため、人のためにこの命を捧げたい。新撰組は昔よりずっと大きくなり、この壬生の屯所に入りきらなくなった。わたしの手にも、負えなくなった。変わりゆく新撰組と時勢の中で、わたしの居場所はいつの間にかなくなってしまった。これ、すなわち、決別の時でありましょう」

傍から見たら、山南と手志朗は、陽だまりで、談笑しているように見えたであろう。

わきでは、子供たちが歓声をあげて、遊びまわっている。

「密かに、江戸の北辰一刀流の仲間と連絡をとったのです。千葉道場に土佐の脱藩志士である坂本龍馬君が入っているらしい。彼もいまや天下の素浪人だ。もし彼が浪士隊を組織し運営したいと思っているならば、わたしのほうに一日の長がある。彼を首領にしてそれを補佐し、一緒に事を起こせれば、面白いのではないかと」

「しかし、土方さんに」

「さよう。殺されるかもしれん。しかし」

「――――」

「このままここにいても、腐っていくのみでござる」

山南は、きっぱりと言った。

「かつて、わたしは、怯懦なるものではなかった。どんな戦場にも白刃を抜いて先頭を切って乗りこんだ。意地をつらぬき喧嘩をしたことも一度や二度ではない。しかし、はたせるかな、新撰組内で近藤と土方が強くなると、わたしの評価は下がった。新参隊士にしてみれば、何の仕事もしていない、ただの古株の偉いオッサンというふうに見えるでしょう。これは、誇りあるサムライとして、堪えがたきこと。また一方で――」

と、ここで、大きく息を吸い込み。

「正直に言えば、主流から外されてから、わたしは怯懦なるものになりさがった。部下もなく、役職もなく、ひとりになると、急に心が弱くなった。――自分が情けのうござる」

「山南殿」

「怯懦なるものは斬る。新撰組、軍中法度の一でござろう」

怯懦なるものは、わたしも同じだ、と手志朗は思った。

全員が志願の突撃兵であるこの新撰組において、自分だけが、上司に指示されて、流されるまま加盟したのである。

文弱な自分は、今でも人を斬るのは嫌いだ。

それでも、巡邏のたびに、人を斬る。

会津五鍛冶の一、道辰の鍛えし一刀は、出府の際に母が持たせてくれたもの。その清廉な刀も
今は、憐れな浪人たちの血で汚れきっている。

望まぬながら斬った浮浪の恨みが、いつしかこの身にのしかかる羽目となった。

そのことが、怖い。

怖くて怖くてたまらないのだ。

恐怖は人の、自然なる感情。

それすら、ここでは罪になる。

サムライとして恐れを知らぬよう教えらえて大人になったはずの自分が、どうしようもなく怖い。

誰が味方で、誰が敵かわからない。

なにが正義で、なにが悪なのかもわからない。

自分が属する組織を信じられず、かといって自分も信じられない。

逃げられるものなら、自分だって逃げたい。

それなのに、自分がもたもたしているうちに、目の前のこの人のよさそうなサムライは、先に逃げ出してしまうというのだ。

軽々と、逃げてしまうというのだ。

(ずるいぞ、山南さん)

手志朗は、そう思った。

（ずるいぞ）

思わず、泣きそうに唇を歪める。

すると山南は、そんな手志朗の肩に手を置き、低い声でこう言った。

「一緒に逃げませぬか？」

「え」

「あなたも、逃げればよいのだ」

「なんと」

「……いとを連れて」

「知っていたのですか」

「もちろんです」

山南は、笑った。

「あれは、いい娘ですな……。古畑さん、あなた、ここにいて幸せですか？　命の危険におびえ、藩や隊のしがらみに縛られ、幸せですか？　すべてを断ちきって江戸で最初から始めればよい。……いかが？」

「――――」

「古畑さん、わたしと一緒に、逃げましょう」


数日後、島原の小さな酒席。

暗い行燈の下に、山南らの姿があった。

計画を聞いた伊東甲子太郎は、あいかわらず悠揚たる態度で言った。

「危険ではありませんか」

伊東は、怖れるものなど無いかのような落ち着きぶりである。

この男は、生まれながらに大将の器なのだろう。

その器は、必死で自分を将器に嵌めようと努力している近藤よりもずっと大きいように思えた。

「危険は承知のうえでござる。いざとなれば、潔く腹を切るまでのこと」

山南は言った。

座敷には、伊東、山南、手志朗の三名以外は誰もいない。

遠くから三味線の音が聞こえた。

酔客の笑い声。

女たちの嬌声。

障子の向こうにゆらめく雪洞の明かり。

この狭い部屋の中にだけ、重苦しい沈黙が満ちていた。

小さな行燈に照らされた、やさしげな山南の広い頬に揺れる炎がうつっているのを、手志朗は見つめていた。

山南は口を開いた。

「伊東先生。江戸の様子を伝え聞くに、北辰一刀流の有志は、ぞくぞくと坂本龍馬に同和し、新しい潮流を作りつつあるとのことです。拙者、微力なれど、江戸千葉道場に合流し、伊東先生と全国の有志をつなげる役割に身を捧げたいと考えております」

「なるほど」

伊東の前には、ぐつぐつと煮える小鍋がある。

しかし、彼はそれに見向きもせず、盃を手に取った。

山南は前のめりになって、低く言う。

「もし、露見しようとも、伊東先生のお名前は、死しても漏らしませぬ」

伊東は、ぐっと酒をあおった。

「承知いたした」

そして、手志朗のほうを向いて、聞いた。

「古畑うじは、それでよろしいのですか？　山南先生と、同じ日に、別の経路にて京を脱出するとのことであるが」

「拙者もまた、このままでは、斬られる運命にござる。怯懦なる文弱が故」

「うむ。それでは、会津に帰参なさっては？」

「仇を持つ身であれば、それも成しえぬ望みでござる。わが藩は忠義の藩たれば、父への孝義を果たさぬ者の居場所はあり申さぬ」

「なるほど」

「かくなるうえは、江戸にて潜伏し、山南先生と連絡を取り合いつつ、機会をさぐる所存」

「承った」

伊東は頷いた。

「して、眼目は」

「はい。わたしも山南先生も、非番の日をねらい、着流しにて屯所を出ます。武装や旅装は持参できないのが必定。ふたり、それぞればらばらに粟田口、伏見口から京を出て、大津の指定の宿にて落ち合う予定です。東海道を使うか中山道を使うかは臨機応変に、情勢にまかせます」

「ふむ」

「大津へはあらかじめ、内意の下女に、路銀や旅装を持たせ届けさせまする」

「その下女は大丈夫か?」

「む」

手志朗は言葉に詰まったが、自信満々に山南は言った。

「大丈夫にござる」

呆然とする手志朗に、山南は、片目をつむって見せた。

【九】 手志朗、迷いを打ち明ける

「手志朗さん、変わったなし」

松永忠吉が、手志朗の顔を見つめて、しみじみと言った。

会津との、約束の会合の日。

場所は、四条大橋東詰の料理屋・庭津亭の奥座敷であった。

ここは、軍鶏鍋《しゃもなべ》のよいものを出す。

出汁《だし》に浮かんだ脂が、千本に刻んだ大根にじわじわと沁みていくのを見ながら、

「きっといいものを食っているんだろナイ」

相変わらずの間の抜けたことを言う。

「変わったか――」

確かに――手志朗は思った。

目の前の松永忠吉と故郷の野山に遊んでいた頃は、まさか自分が京の都で、男どもの策謀に関わるとは思ってもいなかった。

今では連日、道場での稽古に出ており、巡邏にも加わっている。

そこでは人を斬り、敵とあれば怒鳴りつける。

危ないと思えば、躊躇せずに蹴りつける。

そうしないと生きていけないからだ。

それほど自分は変わってしまった。

(そうだ、わたしは変わった。汚れてしまった)

手志朗は思った。

もう昔とは違うのだ。

忠吉から見れば、恐ろしく見えるのかもしれない。

黙り込んだ手志朗の顔を、忠吉は心配そうにのぞき込む。

「手志朗さん、大丈夫かナイ?」

以前と変わらぬ茄子顔に、眠そうな目つき。

「なんだか、大変そうだ。無理をしちゃならねゾイ」

「大丈夫だ。忠吉さん」

ふたりは、昨今の新撰組の動向や、会津藩の動きをぽつぽつと伝え合う。

もちろん、山南と自分の脱走のことなど漏らすわけはない。

佐川の言葉も、漏らさない。

ありきたりな話題がひととおり終わると、忠吉は、ふと思い出した、という風情で、ぽつりと言った。

「そういえば手志朗さん。厩町の先生の屋敷だがのう――」

先生の屋敷、とはすなわち、手志朗の父・古畑敬之助為元の屋敷を指す。つまり嫡男である手志朗のものになるはずだったあの屋敷のことだ。

「西郷吉十郎殿の御預かりになり申した」

「うむ?」

「言うまでもなく吉十郎殿は、先のご家老・西郷頼母さまがご長男。この件は殿のご指示だそうな。確かに手志朗さんの御父上と西郷さまは親交があったが……。何か、心あたりがおありか?」

「いや、わからぬ」

「こういったご時世だ。今どき仇討ちもあるまい。これは手志朗さんを、国元にて帰参させ、家督を継がせる準備であろうのう」

忠吉は、どこまでも楽観的だった。

「また、手志朗さんと、会津で暮らせたらよいな」

忠吉は言った。

「ほんに、果報は寝て待てじゃ」

そんな簡単な話であるわけはない。

のんきだなあ——と内心あきれて、ふと気が付いた。

(よく考えると、この旧友だけは、ずっと、変わらないな)

忠吉は、昔のままだ。

何があっても学ばず、なにも成長しない。

だから、仲間内から軽んじられることも多い。

しかし、それでも、この男は、変わらなかった。

嘉永以来、およそ会津の、いや、この日の本じゅうのサムライたちが、時局の混乱の中で、変わっていった。

時代の奔流にもてあそばれ、激しい変化の波にさらされ。

策謀の波の中で、生き残り、また敗北し。

手志朗も、山本覚馬も、林権助も、神保内蔵助も、佐川官兵衛も、そして西郷頼母も、さらに新撰組の隊士たちも、京の裏路地に巣食う不逞の浪士たちさえも、追い詰められ、生き残るために変わっていった。

しかし、この松永忠吉だけは、変わらない。

かといって、死ぬわけでもない。

のほほんと、時流のほとりに立っている。

達観するわけでもなく。

諦めるわけでもなく。

ただ飄然と生きている。

(どうなっておるのだ?)

手志朗は、その顔を、まじまじと見た。

いつもの、とぼけた茄子顔だった。

あの日も、父の死を知らせに来てくれた。

新撰組隊士となった今も、昔と変わらず会いに来てくれる。

上司であり兄貴分であった山本覚馬がいない今となっても何も変わらない。

誰に指示されたわけでもなく、この男だけは、いつものとぼけた表情を浮かべて、会いに来てくれる。

あきれるほど変わらぬ、茄子顔である。

「忠吉さんは、変わらんのう」

「ん？　そうかの」

すると、忠吉は優しげに笑った。

「そうでもないゾイ。わしなりに苦労をしている。御家は大事の時じゃし、御殿もご多忙だゾイ。家臣のわしらにも、それなりにしわ寄せはあるわい——ただな、手志朗さん。わしが手志朗さんと会うときに、わしが、別のわしになっとったら、手志朗さん、悲しいなしょ？」

「あ」

手志朗は、絶句した。

そうだ、と思った。

「わしはの、いつも変わらないのが御役目だ」

「…………」

「みな、頭がいいから、変わっていきなさる」

「う」

「しかし、わしは変わらぬ。変わらないが御役目だと思い極めておるよ」

「忠吉さん」

「手志朗さんは、変わったなあ」

もう一度、忠吉は言った。

「うむ」

人を、斬った。

権力争いに巻き込まれ、間諜の真似事をしている。

男どもの息もつかせぬ策謀の中で汚れていく。

そして、いとに出会った。

彼女のために、命をかけようとしている。

そして、その秘密を、この親友に告げずに、黙っている。

もう一生、この友と会えぬかもしれぬのに、わが身大事のあまり、黙っている。

ああ、そうだ。

「うん。変わった。すまぬ」

手志朗は認めた。

そして、自分は誠実ではないのだと思った。

誠実ではないから、時流に流されるのだ。

忠吉は、誠実なのだ。

自分に、そして天命に誠実なのだ。

だから、変わらない。

誠実だから、変わらない。

「なに、謝ることじゃない。サムライたれば、当然だ」

忠吉はくびをふった。

「しかし、会津は変わらん」

「そうだろうか？」

「手志朗さん。吉十郎殿はまだお若いが、後見の嘉十郎殿が使用人ごと若松城下の御屋敷を預かっておられる。家督も同様じゃ。これはな、藩が古畑のお家を、お前様に継がせるお積りにて扱っているということ。このこと、よっく考えれ」

茄子顔の忠吉は、朴訥と、しかし明確に言った。

しかし、不思議だ。

あの厩町の屋敷が、どうも思い出せない。

どんな屋敷であったか。

いつの間にか、それは、遠い記憶のかなたへと消えていた。

今の自分には、不要のものであるように思えた。

想像する自分の未来に、いとの顔は浮かぶのだが、あの屋敷が浮かばないのだ。

「今の話、確かか？」

「確かか、とは？」

「上の言葉か？」

「わしの考えじゃ」

「では、ご家老や御奉行からの約束ではねえな」

「そうだ。だが、そうあるべきだなっし。会津は忠義の藩たればナイ。忠義は、殿へのものだけではないゾイ。我々下々のものへの忠義もあるわい」

「――――」

「会津は、忠義の藩だゾイ。仁孝の藩だゾイ。今までも、そして、これからも」

「そうかなあ」

「なんと？」

「それは、忠吉さんの希望でねえのか？」

「手志朗さん？」

「わたしはそう思わん。会津がずっと変わらぬとは思えん」

手志朗が抑えるような口調でそう言うと、忠吉は瞠目して言った。

「ど、どうしたなし、手志朗さん」

「忠吉さん、わたしも新撰組でいろいろなことを知ったのだよ。長州も薩摩も御公家も、みな策謀ばかり。わが会津藩だとて清廉潔白ではない。御家が正義であってほしいというのは希望であって、実際はそうではない。表もあれば裏もある。生き残るために汚いことも卑怯なこともする。この世界は猛烈な勢いで変化していて、誰もがその中で生き残ることで必死だ。御藩だって、例外ではあるまいぞ」

「手志朗さん」

「わしらが子供で、知らなかっただけだ。誰かに守られていたために無邪気でいられた。大人に頼っていたから、子供っぽい正義を振り回していられた。しかし、われらも大人になるときだ。違うかの、忠吉さん」

怒ったような手志朗の口ぶりに、忠吉は、驚き、泣きそうな顔をした。

「神保さまと林さまはわたしに、仇を討ち果たさねば、帰参はできぬと言ったよ」

「仇討ちだば、できればええぞい」

「できぬわ」

「……そんな」

「できぬのだ。理由は言えぬが」

「…………」

「世の中は、そんなに都合よくはできておらん。誰かが、わたしごときを助けてくれるわけではない。みな、自分の都合のほうが大事だ。忠吉さん、ものごとを、自分に都合よく解釈するのは、やめたほうが良い」

「手志朗さん」

「今や、わたしにとって会津は過去になり申した。帰参の夢は捨て申した」

「――なんと」

「今のわしは、会津藩士ではない。京都守護職御預、新撰組八番隊士であるぞ」

手志朗の顔は冷たく鋭い。

忠吉は、口を開けたまま、そんな手志朗の顔をじっと見つめた。


屯所に戻ると、さわやかな竹刀の音が響いている。

続いて、若者たちの笑い声が聞こえる。

道場を覗くと、四、五人の隊士たちが、竹刀や木刀を持って、立ち斬りや、切り返しをしているところだった。

とくに指導しているものはいない。

若者たちは、三々五々、道場に集まり、思い思いに稽古をしているのだった。

「竜飛《たつび》の剣！」

ひとりが、ひょうげた型をとると、別の若者が大笑いした。

「なんだそれは」

「その隙に、脇を斬られるわ!」

皆、剣が好きでたまらないのだ。

道場の隅に座って、しばらく稽古を見ていた。

よく考えれば、彼らに拠って立つ〈藩〉はない。

羽州脱藩、紀州脱藩、と名乗りはするが、所詮は所属する場のない浮き草のような存在だ。

壬生浪士隊——その名の通り、彼らは、まっとうなサムライではないのだ。

(だが、それがなんだというのだ)

今や手志朗は、そう思うのだった。

昔は自分も、そんな浪人どもを見下していた。

しかし、今は違う。

藩に属して命令に従うなら、誰にだってできるではないか。

新撰組の浪人どもは、全員が自分だけで自分のことを決めている。何にもよらず、剣を抱いてただひとり生きている。

今まで自分は、何によらずひとりで決めたことがあったであろうか。追いつめられるまでずっと、藩に、親に、故郷に、頼っていたではないか。そんな自分は、どこかが真剣ではなかった。誠実ではなかったのだ。

ぞくぞくと隊士たちが集まってきた。

そろそろ稽古の時間だ。

ふと、気がつくと、となりに藤堂が座っていた。

目が合うと、にこりと笑った。

藤堂は、最初に出会ったときと印象がまったく変わらぬ。

小柄な肉体は鍛えあげられ引き締まっている。

いったん巡邏にでれば、苛烈に戦い、成果をあげる。

その火の玉のような働きぶりから〈魁先生〉の名をほしいままにしていた。

迷いがなく明るい、太陽のような男だった。

「いかがですかな？　古畑さんも、一手」

「不調法でござる」

手志朗は笑いを含んだ返事をした。

「いや、上手下手は関係ない。剣は、いいものです。どこまでも、いいものです。わたしは、あなたと一緒に汗を流したいのだ」

「はあ」

「では、手合せは結構。切り返しの相手をしてくだされ」

そう言って、藤堂は竹刀を渡した。

ふたりとも、防具もつけぬ。

手志朗が竹刀を立てると、藤堂は、小気味よく、右から、左から、竹刀を打ち込んだ。

ぱんぱんと耳元に、軽い音。

両腕に、じんじんと響いてくる重みが、心地よい。

道場の隅まで行くと、

「どうぞ」

今度は、藤堂が竹刀を構えた。

手志朗は、左から、右から、ぱんぱんと竹刀を合わせた。

すっ、すっと藤堂がきれいに下がっていくので、手志朗は心地よく前に進むことができる。

「いや、お見事」

藤堂は言った。

「剣は、正直でござる。すべてその人の人柄があらわれる。古畑殿の、ひとを信ずる素直なる太刀筋、確かに承った」

「恥ずかしきこと」

「いえ、本当でござる。この新撰組には、あらゆる流派の剣士がやってくる。汚れた剣を使うもの、卑怯なる剣を使うもの、そして、剛の剣、柔の剣……。わたしは剣を信用しているのでござるよ。たとえば近藤先生はどこまでも誠意の剣。それゆえに、この新撰組の結束は保たれていると、不肖この藤堂、信じている次第」

「藤堂殿」

「なんでござろう」

「拙者が迷いも、剣にてわかると申さるるか」

「ふむ？」

突然の手志朗のすがるような言葉に、藤堂はおもわず眉をあげた。

「ふむ。承ろう」

藤堂はそう言うと、道場を辞して、自室に手志朗を引き入れた。

端然と座って向かい合う。

庭の障子は開け放していた。

少し肌寒かったが、密室で話していると思われぬ配慮であろう。

「藤堂殿。拙者は会津藩士でござった」

手志朗は、言いあぐねつつ、切り出した。

「もとより承知」

「しかし、サムライとしては、新撰組の武士よりはるかに劣る」

「いかがしたのか」

「思い切って申す」

「誓って他にはもらさぬ」

「ありがたし」

藤堂の表情に変化はない。

「拙者、加盟以来、八番隊に所属し巡邏などに同道。多くの不逞浪士捕縛の現場に立ち合わせていただいた」

「うむ」

「その中において、わが文弱を改めて認め、わが身を呪いましてございます」

「ふむ」

「新撰組の苛烈なる軍紀。藤堂先生をはじめ幹部各位の、華麗なる手練《しゅれん》。拙者、まったくなじめませんでした。迷い、おのずと心より発し、隊務に励むおり常に悩むようになってしまいました。このまま、新撰組にいてよいものか。わたしはいかに生くるべきや。忠に死すべきか、義に生きるべきか。はたまた別の道を選ぶべきか——わが心は行き詰ってございます」

「うむ」

藤堂は、どこまでもまっすぐな男であった。

くりくりした大きな澄んだ瞳を、まっすぐに手志朗に向け、真剣に考えている。

手志朗は言った。

「すぐに答えがあるとは思いませぬ。ただ、藤堂先生の、どこまでもまっすぐな剣。どこまでもまっすぐな隊務への取り組みを拝見するに知りたくなってござる。どうか、迷いなく生きる秘訣を、ご指導賜りたい。拙者は迷ってござる。明日をいかに生くるかに迷ってござる」

藤堂がうらやましかった。

いつも一生懸命に汗をかき、みんなにもそれを認められ、自らの努力が新撰組に、そして天下に役立っていると信じて疑わぬ、まっすぐな生き方をしている藤堂のようになりたかった。

どんなに爽快な生き方であろうか。

「ふうむ……」

藤堂は、腕を組んで、しばらく沈思した。

やがて、歯切れよく、短く言った。

「答えがなければ、腹を切るのがよい」

「うっ」

なんと。

そんな答えが出てくるとは。

手志朗の全身から冷や汗が、どっと出た。

そうか。

ここでは、そうなるのか。

藤堂のさわやかな人柄にひかれて、思わず話したが、この男も立派な新撰組の幹部であった。

今、藤堂に斬られても、文句は言えない。

新撰組においては、怯懦は罪なのだ。

「新撰組は脱退を許さぬ――すなわち、迷い立ち止まるものは、潔く死ねということでござる」

「うう」

手志朗は両こぶしを膝の上にのせて、震えた。

しかし藤堂は、白い歯を見せ、ニッカと笑った。

明るく、こう言う。

「ただ、わたしには、答えは別にあるように思えます」

「そ、それはいかなることでしょうか」

「わからぬ」

「…………」

「まず、伺うが。――わたしが迷わずまっすぐだなどとは、誰が言ったのか？」

「は？」

「わたしは、迷いだらけでござるぞ。毎日、毎日、迷ってござる」

「なんと」

「明るく元気にしている他にないから、明るくしているだけで、心のうちは迷いだらけでござる。おかしいかな？　しかし、男なぞ、みな、そのようなものなのではあるまいか。のう、古畑殿」

「は、はあ」

「わたしが稽古をするのは、不安だからだ。先の見通せぬこの時代を、いかに生きるべきか。どんな道を歩むべきか。どのような運命が自分を待っているのか。誰にもわからぬ」

藤堂はそういうと、大きく息を吸って、

「わたしが毎日、必死になって隊務に励むのは、その不安を蹴散らすため。向かってくる風に、胸を張るためでござるよ」

と言った。

向かってくる風に、胸を張るため——。

手志朗は呆然と、その言葉を反芻した。

そして藤堂は、一気に核心へ踏み込む。

「さて、ここに、もそっと生臭い話がござる。なに、ふたりきりだ。古畑殿が腹を割ってくださったゆえ、わたしも腹を割ろうではないか」

「何を、でござるか」

「あなたが一番聞きたいことでござる」

「？」

「つまり、わたしが、どちら派なのか、ということでござる。いかが？」

「いえ、そんな」

手志朗はあわてた。

藤堂は、いたずらっぽい瞳で、手志朗の顔を覗き込むようにする。

わかっていますぞ、という顔つきだ。

「わたしはね、古畑さん。北辰一刀流の剣士として、伊東先生の志の高さを尊敬してござる。山南さんの清廉さも大好きでござる。しかしその一方で、江戸以来の同志として、近藤先生の強さ、土方さんのひたむきさ、沖田さんの明るさ、すべてを好もしいと思うてござる。みな、わたしに足りないものを持ち得ておる。よって、みな好きじゃ。だからこの先、彼らが袂を分かち、剣を交えるその時が来るとして」

そこまで率直に言うか、と手志朗は息を呑む。

開けっ放しの屯所の部屋だ。

誰かが聞いていないか。

手志朗の胸はとどろいた。

しかし、藤堂は気にも留めずに、肩をすくめて、いたずらっぽく笑っただけだった。

「その瞬時で決め申す」

「は」

「今は考えない。ただ肝を鍛える。鍛えて、鍛えて、そして、瞬時で決める。それこそ武士道と心得ております。死ぬも生きるも瞬時に決め申す」

「なんと……」

「明日のことなど、誰にもわかり申さぬ。わからぬものを思い悩んで胃を痛めておってもも仕方がない。そのようなもの、考えず、今をただ必死で生きる。そして、決めるべきことは瞬時に決める」

「――」

「このような答えではいかが？」

「はっ」

手志朗は、平伏した。

「どうじゃ？　まだ腹を切る必要はなかろう？」

「はあ」

「このような厳しいご時世である。まあ、生きることのできるうちは、生きてみることでござる。どうせ、その時がくれば、生死を懸けねばならぬのだから」

「藤堂さん」

「あっはっはっは」

藤堂は笑って顔をつるりと撫でた。

藤堂は、わずかに三歳年上だという。

新撰組の最年少幹部として修羅場をくぐっているとはいえ、この成熟ぶりは、どうであろう。

三年たったら、自分もこのようになれるのか。

そうは思えぬ。

呆然と窓の外を見たとき、屋敷の外の路地から、壬生村の子供たちが遊ぶ声が聞こえた。

よく聞くと、その中に、山南の声が混じっている。

山南は、まったくいつもの通り。

迷いなく柔らかな冬の陽の中にある。

子供たちの中に溶け込んでしまっているようであった。

その日の夜。

隊士たちは、三々五々夜の街に出かけたり、屯所に残って詩吟をうなったり、将棋をさしたり、わずかな自由の時間を楽しんでいた。

そんな前川屋敷の土蔵の中で、手志朗はいとに計画を告げた。

手志朗はすべてを話すと、いとの水仕事にひび割れた手を包みいだき、

「一緒に、逃げよう」

と言った。

暗闇の中のいとが、息を呑むのがわかった。

「いけない」

「わたしは、本気だ」

「うちのようなものはダメ」

鼻をすすり、言う。

「きっと、お邪魔になりましょう。今は、あなたの慰みものどすが、いつか飽きてしまわれるにちがいありまへん」

「慰みものなどではない」

「あなた様の、ご身分がございましょう」

「飽きたりしない」

「うそ」

「おまえはわたしの想い女だ」

「……え？」

暗闇の中で、いとが、絶句した。

「想い女？　うちが？」

「本当だ」

手志朗は言った。

「おまえに会って、わたしは変わった。おまえはわたしにすべてをくれた。身分は関係ない。おまえはわたしの想い女だ」

いとは、じっとその声を聞く。

そして大きく息を吸う。

「そんな――」

「嫌か？」

「いえ」

「しからば、ついて来るのだ。わたしが、きっとここから連れ出してやろう」

「そ、そない夢のようなこと」

いとの声は、震えている。

「夢ではない。わたしを信じるのだ。この屯所から、おまえにとって、良いことなどなかった京の町から連れ出してやる」

「手志朗さま」

「きっと幸せにする」

「なんということ」

「太夫の言った通りだ。ひとは、幸せになるために生まれてくるのだ。違うか？」

「へえ」

「わたしに、おまえを幸せにさせてくれ」

「手志朗さま」

いとは震える指先で、手志朗の手を押し包むようにした。

彼女の動揺は収まっていない。

「何よりも、わたしには、おまえが必要なのだ。おまえを決して手放さぬ。信じてほしい」

「――――」

「一緒に江戸へ逃げよう。今言ったように大津の宿まで、わたしと山南さんの旅の荷物を持ってくるのだ」

「荷物を」

「ああ。中身は旅装と路銀だ――」

「へ、へえ」

「われらは着流しにて屯所を出ねばならぬ」

「わかります」

「大丈夫。わたしは、他の男たちとは違う。おまえを、モノのように売り買いしたりはせぬ。決して離さぬ。武士に二言はない」

いとは震えながら、じっとその言葉を聞いていたが、やがて決心したように、手志朗に抱きついた。

「その言葉、信じてええのん？」

「当たり前だ」

「そうですやろな――」

「わたしがいとを、裏切ったことがあるか？」

「そうや」

「信じている」

「うん――そうや。手志朗さまは、そういうおひとや」

わずかな灯りの中で、いとは、いとおしそうに手志朗の頬をなでると、夢中になって手志朗の唇を吸った。

手志朗もまた、それに応える。

夜になると真っ暗になる壬生村の春。

その暗さの中でお互いの瞳だけが、きらり、きらりと光って見えた。吐息がふたりを温める。

お互いを気遣いあって掛け合う着物の下で、手志朗は言った。

「わたしはもう、会津には帰参できない。だが幸いわたしには学問がある。そして、おまえがいる。江戸に行けば学者が大勢いる。小さな洋学塾でもできるに違いない。ふたりで始めよう。ふたりで、すべてを新しく始めるのだ」

「手志朗さま」

「それに――山南さんが密かに、名高き土佐の志士、坂本龍馬と連絡をとりあっている。来るべき世界は坂本のごときものの世かもしれぬ。存外、面白きことになるかもしれぬぞ」

「まあ」

「いずれにせよ、もう、おまえは、血まみれの服を、洗うことはない。ひとの死体を毎日のように見ることもない」

「……はい」

「もう、悲しいことは起きない」

「……はい」

「もう、決めたのだ。振り向かぬ。おまえがいさえすれば、それでよい。京も捨てる。藩も捨てるのだ」

「……はい、はい……」

「なにもかも捨てるのだ。ふたりっきりで、最初からやるのだ」

【十】逃げろ、手志朗

元治二年、如月の二十二日。

よく晴れてはいたが、真冬のように寒い日であった。

まだ昼にもならぬ早い時間に、まったく普段とかわらぬ格好で、山南が屯所を出た。

「寒いですな」

「底冷えします。御身お大事に――」

そんな声が路地から聞こえた。

山南は、いつもどおり路地でしばらく壬生の郷士たちと談笑していたが、いつの間にか姿を消した。

さりげなく南へくだって、島原のほうへ向かって行ったはずである。島原には山南のなじみの妓・明里がいる。

そこに向かうと見せかけて、そのまま五条から山科《やましな》経由で、大津に至ることになっていた。

すぐにいとが風呂敷をかかえて、屯所を出る。

彼女は山南付きの下女だったから、ふたりが一緒にいなくなっても不思議ではなかった。

彼女が持っている包の中には、かねて準備の旅装と手形などが入っている。

いっぽう手志朗は、一刻待って、四条から粟田口に抜け、堂々と街道から京を出る手はずだった。

手志朗はたびたび会津本陣のある東方向に向かって出歩いていたから、屯所より東に向かうほうが隊士に姿を見られても不審に思われぬ。

三人はあらかじめ、何度も大津までの経路と時間を確認した。

できる準備はすべてした。

計画は漏れていない。

大丈夫だ。

しかし。

（今はもう、山南も、いとも、屯所におらぬ）

そう思うと、手志朗の口は、緊張のあまりどこまでも渇いた。

約束通り大津に至り、ふたりと合流せねばならぬ。

そわそわと落ち着かぬまま、着物を厚めに着て、寒さに備える。

屯所の中庭には、本日の巡邏当番である二番隊が出動準備をしていた。

二番隊長の永倉新八の声が聞こえる。

「おのおのがた、今朝は真冬のように寒いが、冷たくとも、帷子《かたびら》は面倒がらずに召されよ」

「刀の目釘をあらためよ」

新人の隊士たちに大声で指示をしているようすだ。

通常の巡邏であっても新撰組は、基本的に臨戦態勢で市中へと出る。そこに自分たちの存在意義があると、信じ込んでいるようなところがあった。

新参隊士は、あわてて、武装をがちゃがちゃと鳴らして準備に手間取っている。

古参隊士は、慣れた手つきで刀を確認し、自らに気合を入れ直していた。

「二番隊ぃぃぃ――、出立！」

永倉が叫ぶと、男たちは、

「おう！」

と声をそろえて叫び、隊列を整えて屯所の門を出て行った。

二番隊が巡邏に出ると、屯所内にほっと、弛緩《しかん》した空気が流れた。

冷たく冴えた太陽が中庭を照らしている。

スズメがちゅんちゅんと遊んでいた。

壬生寺から四つ半の鐘が聞こえる。

手志朗はさりげなく部屋を出た。

刀は手挟んでいるものの、普段着である。

中庭を抜け、門を出ようとする。

すると、その時。

「古畑殿――」

声をかけられた。

振り向くと、懐手をした土方であった。

不覚にも、足が震えた。

「市中に出られるのですかな？」

土方は、端正だがどこまでも冷たい役者顔を斜めにして、手志朗の顔を覗き込んだ。

相変わらず、苦虫を嚙みつぶしたように酷薄な唇をへの字に曲げている。

落ち着け、落ち着け、と自分に言い聞かせた。

「は。黒谷の朋友と会う約束がありまして——祇園の茶屋で落ち合います」

「それは結構。しかし、ひとりでの町歩きは遠慮していただこう」

確かに隊規において、それは禁止されていた。

しかし多くの隊士が、それを無視して自由に洛中を歩いていたのも事実だった。

(この野郎)

内心、舌うちをする。

言葉が出ない。

背後から、助け船を出したのは、毛内《もうない》という武士である。

「土方先生。わたしが同道いたします」

伊東甲子太郎と一緒に加盟した津軽出身の朴訥とした男だった。

熊のように毛深く背丈も低いが、いざ剣を持つと素晴らしい働きをする。

流派は一刀流で、極端に口数が少ない。

もっとも、たまに口を開いても、東北のなまりが強くて何を言っているのかわからなかった。

「昨日よりの約定にて」

そういった意味のことを、毛内は言った。

土方は、鼻を鳴らしてふたりを舐めまわすように見たが、観念するように言った。

「わかり申した。市中にては、ゆめゆめ油断めさるな」

「承知」

手志朗は、答える。

目のくらむ思いであった。

「では行きましょうか」

「わかり申した」

毛内と手志朗は、ふたり連れ立って門を出る。

左に曲がって北へ向かうが、八木家と前川家の間の路地を四条通りに出るまでの間、手志朗は一度も振り返らなかった。

背中にずっと、土方の冷たい視線が張り付いているような気がした。

四条の角を曲がっても、緊張は続いた。

辻々から誰かが見ているような気がする。

全身に鳥肌が立つようである。

すると、寡黙な毛内が、

「伊東先生より話は伺っております。祇園社あたりまでは同道いたそう。帰隊後は、なんとでも弁明いたす故、心配はご無用」

というような意味のことを、ぼそぼそと呟いた。

ふたりは四条の大通りを、ひたすら東へ歩いた。

祇園社にぶつかると、毛内と別れた。

手志朗はそのまま、社の境内にあがった。

表通りを通らず、境内を知恩院に抜け、青蓮院《しょうれんいん》のわきを通って、三条の粟田口に抜けるつもりだった。

（思えば、父の災難を知ったのは、この丘の上、粟田天王社の境内であった）

あれからわずかな間の流転は、どうしたことだろうか、と手志朗は思った。

あのとき、わずか数ヵ月後の自分が、このような境遇にあるとは思いもしなかった。

今自分は、京を捨て、隊を捨て、御家や実家までも捨てようとしている。

（先を、急ごう——）

このあたりは、深い竹林である。

竹林の路を、ひたすら、走るように歩いていく。

裏道であるゆえ、人通りは少ない。

寺のわきの築地に沿って、角を曲がったとき。

「手志朗さま」

聞き覚えのある声がかかった。

「あっ」

手志朗は、思わず声をあげた。

そこに、いとが立っていた。

いつもの粗末な麻の小袖に身を包み、手には大きな風呂敷をかかえている。顔を隠すように頭にかぶったサツキの花を染めた手拭いが、刺さるように手志朗の視界に入った。

「どうした。何かあったのか」

手志朗は、つんのめるように聞いた。

「手志朗さま」

いとは、浅黒い顔を緊張に青ざめさせていた。

やはり、何かあったのだ。

胃が、ぎゅっとつかまれるような気がした。

「手志朗さま。土方先生のご指示で、沖田先生が馬の準備をしておられます」

「えっ」

「大津にむけて、一番隊から、山南先生の探索が出るのです」

どっ。

と、全身に水をかけられたように、毛穴という毛穴から汗が噴き出した。

それは、山南が捕えられ、殺されるということを意味していた。

そして、とりもなおさず、共犯である手志朗自身も追われ、殺されるということだ。

し、死ぬ――死ぬのか？

ぐらりと天が回るような気がして、手志朗は頭を押さえた。

（こ、こんなに早く……。なぜ？）

ほとんど気を失いかけたとき、いとが鋭く言った。

「手志朗さま。ここに路銀と手形があります。ここから南に向かってくだされ。五条口からそのまま伏見を抜け、奈良を目指すのがええわ。そのまま止まらず、長谷寺あたりから山道を伊勢に抜けるのです」

「え」

渡された包みを抱えて、手志朗は呆けた声を出した。

「い、いとはどうするのだ」

「うちは下女どす。どういうことはありまへんえ」

その言葉が、頭の中に入り、だんだんと形作られた。

「な、なにを言っておるのだ」

土方がそのような甘い処断をするとは思われない。

あの男、たとえ女であろうと、間違いなく斬るであろう。

「いと、一緒に逃げるのだ」

「うちは、残ります」

「何を言う」

「女は邪魔になるよって」

「邪魔などではない」

「お願い、このまま、逃げてください」

いとは言った。

「だめだ」

手志朗はかぶりを振る。

いとがいなければ、逃げることにどれほどの意味があるというのか。いとがいたから、すべてを捨てる決心をしたのだ。

この娘だけは、武士の命に懸けても見捨てるわけにはいかない。

ずっと騙され、傷つけられ、生きてきた娘なのだ。

この娘にとっては、自分だけが希望の存在であったはずだ。

自分が助けなくて、誰が助けるというのだ。

「一緒に来るのだ」

「いいの。急いで逃げて」

ふたりは押し問答を続けた。

こうしている間にも、壬生では探索隊が出立の準備をしているに違いない。

しびれを切らした手志朗は、叱るように叫んだ。

「ええい、なんと聞き分けのない！　わしは、おまえを助けると決めたのだ。命を懸けて逃げることを決めたのだ。つべこべ言わずに、一緒に来い。一生わたしが守ってやる」

すると、いとの腕から、力がふっとぬけ。

彼女はその場にうなだれて座り込んでしまった。

「お、おおきに」

彼女は力なく、そういった。

「おおきに、おおきに」

彼女の大きな瞳から、涙が次々あふれて、着物の膝の上に、雨がふったかのように、ぽつぽつとマダラの模様ができていった。

「何を泣いているのだ」

「…………」

「これぐらい、なんでもないぞ。言ったろう、わたしは、おぬしに惚れている」

「…………」

「おまえはわたしの想い人だ」

すると、彼女は呟くように、言った。

「……です」

「ん？　なんだ」

「うちは、土方の、女です」

「え？」

手志朗は、うまく理解できなかった。

「最初から」

いとは顔を上げる。

「うちは土方の女です」

その意味が理解できたとき、ぐらり、と天地が回った。

手志朗は、その場で、膝をつき、手をついた。

ざわ、と竹林を風が走った。

いとは、その可愛い唇で、言った。

「大津の待ち合わせの宿は、うちから土方はんに告げました」

そうか――。

なぜか、頭の奥底で、すべての辻褄が合うような気がした。

なぜ土方は、政敵の山南にいとをつけたのか。

なぜいとは、新参の得体のしれない会津の若者を誘惑するような真似をしたのか。

考えれば、屯所で伊東、山南と飲むときはいつも、いとが給仕をしていた。

大坂出張の日。

薩摩と伊東、山南が会う場所に近藤があらわれたという。

なぜだ――？

そうか。

そうだったのか。

自分の口から、計画が土方に流れていたのだ。

土方はきっと、山南が坂本龍馬と連絡を取っていたことも知っている――自分が、いとの前で口にしたのだから。

ああ……。

(斬るべきだ――)

この女を、斬るべきだ。

手志朗は、思った。

しかし、手足が動かなかった。

力なく、手志朗は訊いた。

「嘘だったのか？」

「いいえ。あなたを好きになったんは、本当のこと」

この期におよんで、この女は、こんなことを言う。

「はじめて見たときから」

クソ、と手志朗は歯を食いしばった。

嘘だと思った。

土方の指示があったのだ。

そうでなければ酒に酔った得体の知れぬ若者に抱かれたりはするまい。

「あなたのようなひとは、見たことがなかった。うちの周りにいたのは、容易に誰も信用しない疑り深い男たちばかり。自分のことしか信じていない男たち。あなたは違う。なにかを信じているのですやろ。下女に過ぎないうちのことすら、信じていたんですやろ。信じてもらえるのって、幸せやわ——その心根が好きでした」

取ってつけたような言葉だった。

バカにされているように聞こえる。

どうしようもない甘っちょろい子供だと、言われているように聞こえた。

しかし、どうしても怒りが湧いてこない。

なぜだろう。

彼女が悪いと思えない。

女の顔を、見る。

意志の強そうな瞳と、小ぶりで通った鼻筋。

浅黒い小さい顔の、薄い唇。

あの屯所の井戸で初めて会った時から、変わらぬその表情。

この期におよんで、この女は、なんと可愛ゆいのか。

それでも手志朗は、よろよろと立ち上がり、刀を抜こうとした。

「あなたに斬られて死ぬのも、よろしおすな」

いとが、悲しげに言うのが聞こえた。

見ると、いつの間にか立ち上がったいとの顔から、涙が消え、乾いていた。

信じられないぐらい見事に、涙の跡が消えていた。

女とはこのようなものか。

手志朗の手はふるえ、刀をうまくつかめない。

いとは、そのまま、微動だにしなかった。

二本足で立ち、その場に屹立《きつりつ》していた。

ふらふらと腰が砕けているのは、手志朗のほうだった。

大地がふるえているのは、自分がしっかり立てていないからだった。

「手志朗はんは、夢を見させてくれはった。そっち側で生きていけたら、どんなに幸せやろかと思った……」

「……そっち側……」

「でも、うちは、こっち側の人間ですよって」

「…………」

「あなたは、おつむがよいから、行く末に悩まれはるのでしょう。でもうちは、あほやから、生き残ることだけを考えて、お天道さまに顔向けできないこと、たくさんやってきてもうた。こっち側の人間ですよって」

「抱かれていたのか」

「はい？」

「土方に」

「はい」

「嘘だといえ」

「いえ」

いとは残酷だった。

「惚れているのか」

「いいえ」

「じゃあ、なぜ？」

「あなたにはわからない」

「なんだと？」

「あなたは、京も、会津藩も、捨てると言わはった。でも、きっと捨てられへん。あんたはんが捨てるのはきっと別のもんや。たいしたもんやあらへん」

「……………」

「いま、うちを斬れへんように、あなたには、捨てられへん」

「な、なにをいう」

「うちも、土方はんも、下品どす。だから、いつも地べたを這いずり回って、ぎりぎりで生きてきた。世間さまに顔向けできないことをして生きてきた……。普通のひとがこだわる誇りなんて、生きるためには、捨ててしまう——こんな生き方」

「……………」

「あんたはんには、無理やわ」

くそ。

手志朗は立ち上がろうとした。

しかし、うまく足に力が入らなかった。

そんな手志朗に、いとは言った。

風呂敷を押し付けながら。

はっきりと、強い言葉で。

「も一度言いますえ。もし、生きたいんやったら、東海道にも、中山道にも出ないことや。このまま南に行きなはれ」

魂がぬけたような顔をして、手志朗はそれを聞いていた。

「会津に許婚者がいるのでしょう？　その人のもとに、帰ればええわ……」

そうなのだろうか？

「梅の木には、梅の花が咲く。さくらには、さくらの花が咲く。梅の木に、さくらを咲かそうとしたって、無理」

いとは、ふと首を伸ばし、手志朗の唇を、軽く吸った。

「さようなら」

いとが去ると、誰もいない竹林に、手志朗はひとり、とり残された。

半刻は、そうしていただろうか。

時折、通りかかるひとが、不審な顔で見た。

もし、大丈夫ですか、と、声をかけるひともいた。

しかし、手志朗は、うつろな目をしたまま、返事をしなかった。

ざざっと風が吹き、竹林を渡った。

夕刻が近づいていた。

ごおん、と祇園社の鐘が鳴った時、どこかから、藤堂平助の言葉が、聞こえたような気がした。

（死ぬも生きるも、瞬時に決め申す——）
手志朗は、ようやく立ち上がると、風呂敷をかかえ、よろよろと歩きだした。
甘えるな。
自分で決めるのだ。
生き残るのか。
このまま死ぬのか。
それぐらい、自分で決めろ。

【十一】　手志朗、尻に敷かれる

それから三年後。

慶応四年（一八六八）、初夏。

会津若松城下、堀之内厩町の古畑屋敷の居間に、会津松平家朱雀隊五番隊隊長、古畑手志朗直実の姿があった。

みっしりと肉のついた体を陣羽織に包み、袴の腰の紐を妻に整えさせている。

「む、む――」

低い声で手志朗は唸ると、妻の〈おてい〉に向けて、こういった。

「苦しいわ。もそっと優しく帯を締めぬか」

許嫁時代のおていは無口で物静かな少女であったが、結婚して子を産んだ今では、かつての面影もないほどに口数が多くなった。

古畑家の奥方として、大勢の使用人を使って、てきぱきと日々のことを差配している。

「旦那さま。われら女衆も御城に籠城することと相成りました。なに、薩長のごとき礼儀を知らぬ者どもには負けませぬ。ひと泡吹かせて会津の意地を天下に示してご覧にいれましょうぞ」

夫の腰の紐をぎゅっぎゅときつく締めながら、そんなことを言う。

妻の腹は、膨れている。

二人目の子供の命が、宿っているのだ。

「そのような鼻息の荒いことを申すな」

「なにをおっしゃいます」

「子供がおるのだ。身を大事にせい」

手志朗は言う。

「昨夜言った通り、小太郎は喜多方《きたかた》の乳母の実家に預けるのだ」

「それでは会津武士の誇りが――」

「わかっておる。しかし、そうせい」

太った体を持て余しながら、手志朗は言った。

「まったく、会津女というものは、マジメというか、余裕がないというか」

ぶつぶつと独り言を言う。

「いいか、おてい。いつも言っておるであろう。おまえは、這ってでも生き残るのだ。守るべきものは誇りなどではない。命である。命をつなぐのだ。わかったか」

おていを娶《めと》ったのは、慶応元年（元治二年）の秋。

京を脱出した手志朗が、体一つで会津に帰還した六ヵ月後のことである。

あの日、ぼろぼろになって城外蟄居中の西郷頼母の屋敷にたどり着いた手志朗を、西郷は驚いて出迎え、保護して事情を聞いた。

西郷は半年間、手志朗を匿ったのち、禁を破って京の松平肥後守容保に長い手紙を書き、手志朗の帰参と古畑家の家督相続を認めさせた。

もう、仇討ちなどと言っている時代ではないのだ――西郷はそう言って手志朗に一通の手紙を見せた。

それは、父が京から西郷に宛てた手紙であった。

過激な藩政批判を長々と認《したた》めたあと、このように結んでいた。

万一愚拙　於京表遭難有折　愚息事頼入候
愚息　文弱若輩云共　新時代之子也　新時代之心持子也
愚拙　来ル新時代担フハ　新時代之子ト信折候
過去ニ囚ルハ　愚人之振舞　明日命継グハ　男子本懐
万一之時　愚息事　頼入申上候

恐々謹言
敬之助

手志朗は、親が決めた通り、中老高木悟郎実朋が娘おていを娶り、古畑屋敷へと入った。

小者、使用人も復帰した。

手志朗は藩の学問指南役となり、学問所の日新館に出仕するようになった。

おていとの、穏やかで静かな暮らしが始まった。

すぐに長男の小太郎を授かり、その喜びに震えた。

子供の可愛さに。

妻の作る温かい汁の味に。

手志朗は過去を、少しずつ忘れていった。

最初静かだった妻のおていは、子を産むと、会津娘らしい強情さを発揮しはじめた。最初から、このような性格だったのか、それともあとから変わったのかはわからぬが、家中の夫人の集まる会合に出ては鼻息も荒く薙刀《なぎなた》などを振り回すようになり、見事に手志朗を尻に敷きはじめた。

手志朗は、強い妻に手を焼きながらも、朝夕とその菜を食するうちに、あごまわりにみっしりと肉が付いていった。

学者らしく髭をたくわえると、容貌が父とまるでそっくりとなってしまった。

在京時の痩せてひ弱な手志朗の面影は、もうない。

女房の尻に敷かれてはいるものの、今では立派な貫禄の会津藩士となっている。

一通りの身支度ができたとき、

「手志朗さん、準備はできたかの――」

ふらりと屋敷の長屋門をくぐってきたのは、松永忠吉である。

忠吉は、松平肥後守が戊辰の戦いに巻き込まれるのに付き従い、大坂、江戸と転戦して、会津に戻ったばかりであった。

三年たっても相変わらず、ひょろ長い茄子のような、とぼけた顔つきをしている。

こちらは、驚くほどに変わらない。

ふっくらとした重そうな体も。

ぼんやりと遠くを見ているようなとろんとした目つきも。

戦争で苦労したはずなのに、そんな風情のかけらも感じさせない。どういうわけであろう。

「こんな日が来ようとはのー」

ぼんやりと忠吉は言った。

松平肥後守が会津に戻り、官軍との戦いが避けられなくなると、手志朗は国付藩士として朱雀隊の五番隊長に任命された。なんといっても手志朗は京で新撰組隊士としての市街戦を経験している。そんな会津藩士は貴重であった。

そして、松永忠吉は、その組下となった。

非常事態でもあり、なんでもありの人事であった。

しかし、この男、幼馴染の部下になっても、どこ吹く風。

気にする風情もなく、涼しい顔で部下づらをして、手志朗を屋敷に迎えに来る。

ときにはふざけて、これ見よがしに平伏して見せたりもする。

困ったものであった。

「こんな日、とは？」

手志朗が聞くと、忠吉は答える。

「手志朗さんと一緒に戦う日が来ようとは、ということゾイ」

「ふうむ」

「まあ、わしはもう決まっておる。どうなろうが御家の運命に殉じるのみ——ま、死ぬときは、死ぬっしょ」

「ノンキだな」

「それが取り柄だゾイ」

「それにしても――」

手志朗は言った。

「夏、だな」

閏四月（新暦五月）の会津である。

風は爽やかに、磐梯山から吹き降ろしている。

「手志朗さん――」

「む？」

「思い出すかナイ？」

「何を？」

「京を」

「ふうむ」

手志朗はあごをなでて見せた。

「それが、あまり、思い出せぬ」

「そうかナイ」

「不思議なのだ。本当に、思い出せぬ」

「そういうものかもしれんな」

「ただ、わたしは確かにあそこにいた」

「――ふむ」

「何もできなかった気がする――だが、なにもかもが、無駄ではなかったような気もする」

「無駄であったわけがないわい」

忠吉は言う。

「わしらももう、朱雀隊を担う年齢となった。もう若くはない。白虎隊の若者ほどに世間知らずではない。何も知らない子供ではないのだ」

「ふ」

「なんじゃ」

「わかったような口を利くではないか」

ふたりは武装の上から、お互いを小突きあった。


その日。

手志朗が向かったのは、城外の越後街道のドン突きにある七日《なぬか》町の旅館、清水屋であった。

ここに京や江戸からの逃亡兵が収容されている。

彼らは北関東を、小山、宇都宮と戦い、敗戦と撤退を重ねて落ちのびてきた。彼らは一様に、若松城に入って松平肥後守の采配にしたがい、官軍と戦うことを望んでいる。

城の本隊からの命令は、逃亡兵どもが城に入る前に引見せよとのことであった。裏切りの可能性がある者どもであったり、戦力にならぬようだと判断すれば、追い返す必要がある。

朱塗り笠、陣羽織に騎乗の手志朗が、松永忠吉ら副官どもを引き連れて清水屋に近づくと、路上にいた武士たちは、いずれも笠を脱いで平伏した。

馬上の手志朗は、

「えっ」

と、思わず声をあげた。

旅館の前にいた逃亡兵のひとりが〈誠〉の一文字を染め抜いた旗を持っていたからである。

誠、は新撰組の旗印であった。

（この敗残兵ども、新撰組の生き残りなのであろうか。まさか、京からここまで逃げてきたというのではあるまいな？）

手志朗は口を真一文字に結んだまま馬から降りると、ぼろぼろの格好のサムライたちを見回した。

男たちはただ首を垂れている。

（ううむ……）

手志朗は唸った。

どの顔も、見たような、見ないような……。

みな旅塵にまみれて見分けがつかぬ。

それにもう、三年も経っている。

乱世における三年は長い。

手志朗にしても、会津に戻り、家督を継ぎ、二人目の子供を授かるほどの歳月だったのである。

清水屋に入る。

主人が飛び出してきて説明をした。

「古畑さま。奥座敷に浮浪どもの領袖が控えております。幕臣と名乗っておりますが、怪しいものです――まずはお目通りしてくだされ」

「うむ。心得た」

手志朗は、松永忠吉らを引き連れ、廊下を踏み鳴らして奥に進む。

果たして。

奥の間に平伏していたのは、かの新撰組副長、土方歳三であった。部屋の隅に副長助勤の斎藤一も控えている。

「…………」

手志朗は黙って床の前の上座に、どっかと座った。

土方は甲冑、鉢金。

袴に隊服。

しかしそれはすべて、戦塵に汚れ、ひび割れ、ところどころに血がこびりついている。足に大きな傷を負っているようだ。顔にも傷が。どれほどの戦いを経てここまでたどりついたのか。

それでも土方は、傲然とした態度で、こう言った。

「松平肥後守様御預、新撰組。土方歳三以下三十三名、只今推参。会津公の御陣をお借りし、非道なる薩長ザムライどもにひと泡吹かせたく罷り越して候」

「…………」

手志朗は、腕を組み、黙ったまま何も話さない。

土方もまた、ふてぶてしい顔つきで手を畳についたまま、何も言わない。

沈黙が、続いた。

先に痺れを切らしたのは、土方のほうであった。

「御役人殿。我らは京洛において、肥後守さまにことのほか厚恩を賜ったものでござる。肥後守さまに御目通り願えるよう、取り次いでいただきたい」

なおも手志朗、言葉を発しない。

土方は敵意なき証に大刀を右手に置いている。――和泉守兼定、すなわち会津鍛冶による会津刀である。

改めて、この刀。

どこかで見た気がする。

どこで見たのか。

あの冬の日の、京、清水〈しる幸〉の刀掛け……。

あれに見た会津刀は、この和泉守兼定ではなかったのか。

手志朗の胸中に、怒りのような感情が小さく灯った。

土方は胸を張り、言う。

「これはなんとしたことか。われは新撰組の土方歳三。見廻組肝煎格にして幕臣でござる。本来ならば陪臣である貴君に頭を下げる筋合いはないのだ。何か、おっしゃられたらいかがか。いかに会津藩士といえ、無礼でござろう」

「――近藤殿は、どうした」

低い声で、手志朗は聞いた。

「む」

「新撰組の局長と言えば、近藤勇殿であろう」

土方は、一瞬息を呑んだが、

「下総《しもうさ》流山《ながれやま》において、薩長の軍勢に捕縛され申した。今頃は処断され、この世のものではあるまい……無念でござる」

と、唇を噛んだ。

「藤堂殿は」

「むっ？」

土方は異変に気づき、目の前に座る会津藩朱雀隊五番隊長の顔を、じっと見つめた。

そして、いきなり目を大きく見開き、

「き、貴様は──」

叫ぶように言った。

「久しぶりよの」

手志朗は、まっすぐに土方を見た。

「この体たらくはなんぞ、土方ァ！」

手志朗は刺すように叫ぶと、再び問うた。

「藤堂平助殿はどうしたのだ！」

「し、死んだ」

唸るように、土方は言った。

その表情を見、その言葉を聞いて、手志朗は膝を立て、鋭く叫んだ。

「貴様が、殺したのであろう！」

その通りであった。

わずか半年前、藤堂平助は、伊東甲子太郎と前後して、洛中七条油小路にて斬殺されていた。

そしてそれを指示したのは、土方だったのである。

「なぜだ！」

思わず絶句した土方に、手志朗は続ける。

「あたらサムライを、なぜ殺した！」

「く、くそ」

「仲間を殺し、騙してまで守ろうとしたものはこれか！　これが、貴様が守ろうとしたものか？答えろ、土方！」

その怒りに、松永忠吉は目を剝いた。

手志朗は立ち上がり、目を充血させて土方を見下ろした。

山南敬助、藤堂平助——赤心ゆるがぬ貢献者を切り捨てたあげくに敗走し、今さら会津に助けを求めるとは何事か。

土方。

貴様には勝つ義務があったはずだ。

そして大きく息を吸うと、土方が右手に置いた和泉守兼定をじっと見つめる。

沈黙のあと。

手志朗は、抑えるように言う。

「まあ、よい。貴様も新撰組も、我と志を同じうする肥後守様が家臣である。まさか貴様が官軍の間諜でもあるまい。会津への参陣を許すッ」

「——」

「明朝五つ、御城搦《からめ》手門《てもん》に出仕せいッ。わしが直々にご家老にかけあい、殿への御目通りの手配をお願いしてやる」

そう言うと、手志朗は背を向ける。

副官の松永忠吉があわてて従う。

土方の背後に控えた斎藤一は、その間、手を畳につけたまま身じろぎひとつしなかった。

「土方、貴様の番だ。戦え。最後の最後まで戦うのだ」

背中で冷たく言い放った手志朗に、土方は鋭く言った。

「貴様ごときに言われるまでもないわ」

その言葉に、手志朗は思わず振り向いた。

目が、ガチリと合う。

土方の目は、目をそむけたくなるような三白眼であった。

手志朗は答えもせず。

憮然と清水屋を去った。


翌朝。

城の搦手門にあらわれた新撰組に、土方の姿はなかった。

一隊を率いていたのは、山口二郎と名乗る副長助勤の斎藤一である。

斎藤は言った。

「古畑殿――副長には存念あり。昨夜のうちに会津を脱出され、伊達仙台に向かわれた」

「むッ」

「われら残留したる隊士一同は、もとより松平肥後守さまへの武家の義理がござる。会津藩士諸兄ともども、御城を枕に討ち死にしたいと存する」
ぼろぼろな姿の斎藤以下、生き残りの新撰組隊士たちは、目を爛々《らんらん》と輝かせている。
ああ、見た顔がある。
昨日は気が付かなかった。
確かに彼らは、新撰組だ――。
思い出した。
わたしも、新撰組隊士であったのだ。
心のうちに、手志朗は思った。
ぼうぜんと、彼らの持つ新撰組の〈誠〉の隊旗がはためくのを見あげる。
不思議だ。
この甘い感傷はなんだろう。
大嫌いだった新撰組。
あれもまたわが青春だったというのか。
「古畑殿?」
問いかける斎藤に、手志朗は何かを問いただそうと、口を開けた。
ゆうべ臥所にて、眠れずに、ずっと考えていた。
明朝、土方に会ったら、これだけは聞こうと。
しかし、やめた。
「すまぬ。何事もない」
屯所で下働きをしていた女のことなど、誰も覚えておるまい。

わが心のことは、誰ひとり、知らぬ。

それでよい。

会津の閏四月（新暦五月）は、サツキの季節。

門の石垣の上に、可憐な花が咲いている。

サツキの花は巌の上に咲く。風にあおられようと、雨に降られようと、初夏になれば果敢に花を咲かせる。叩かれても叩かれてもしぶとく花を咲かせ続ける。

それに気が付くと、胸が、きゅうっと締め付けられるような気持ちになった。

空を見上げる。

抜けるような青空を背に、そびえたつ若松城の天守。

不思議だ。

怖くない。

「手志朗！」

声をかけられて振り向くと、重武装、甲冑姿のサムライが騎乗にて搦手門を抜けてくるところだった。

獣のごとき巨体。

巌のような顔つき。

戦乱のさなか越後戦線から戻り、異例の抜擢を受け家老に叙された朱雀隊四番隊長、佐川官兵衛であった。朝から酒を食らっていたのか、どろりと据わった目つきをしている。

「その者どもは、新参か」

その声に、手志朗は、叫び返した。

「京都守護職御預、新撰組が残党じゃ」

「おお、ちょうどよい！」

佐川は不敵に笑うと、風を斬るように言った。

「古畑手志朗直実、そのものどもを率いよ」

手志朗は、斎藤一と目を合わせる。

「は、はあっ！」

「願ってもないこと」

逃げぬ。

わたしは逃げぬぞ。

「戦じゃ、戦じゃ！　ものども、鬨をあげい！」

官兵衛の絶叫に、おお、と男どもが声を揃える。

七万五千におよぶ官軍が、今、この会津に迫ろうとしていた。

吉森大祐（よしもり・だいすけ）
1968年東京都生まれ。慶應義塾大学文学部卒業。大学在学中より小説を書き始める。電機メーカーに入社後は執筆を中断するも、2017年「幕末ダウンタウン」で小説現代長編新人賞を受賞。

本書は書き下ろしです。

逃《に》げろ、手《て》志《し》朗《ろう》

第一刷発行　二〇一九年一月二十二日

著　者　吉森大祐《よしもりだいすけ》

発行者　渡瀬昌彦

発行所　株式会社　講談社
〒112-8001 東京都文京区音羽二―一二―二一
電話　出版　〇三―五三九五―三五〇五
販売　〇三―五三九五―五八一七
業務　〇三―五三九五―三六一五

本文データ制作　講談社デジタル製作

印刷所　豊国印刷株式会社

製本所　株式会社国宝社

定価はカバーに表示してあります。

Printed in Japan　ISBN978-4-06-514309-4

N.D.C. 913　254p　19cm